指尖沙

向俊颖 著

山西出版传媒集团　山西人民出版社

图书在版编目（CIP）数据

指尖沙/ 向俊颖著. — 太原：山西人民出版社，2023.5
ISBN 978-7-203-12868-7

Ⅰ．①指… Ⅱ．①向… Ⅲ．①诗集－中国－当代 Ⅳ．①I227

中国国家版本馆CIP数据核字（2023）第078533号

指尖沙

著　　者：向俊颖
责任编辑：郝文霞
复　　审：刘小玲
终　　审：贺　权
装帧设计：圣轩文化

出 版 者：山西出版传媒集团·山西人民出版社
地　　址：太原市建设南路21号
邮　　编：030012
发行营销：0351-4922220　4955996　4956039　4922127（传真）
天猫官网：https://sxrmcbs.tmall.com　电话：0351-4922159
E-mail：sxskcb@163.com　　发行部
　　　　　sxskcb@126.com　　总编室
网　　址：www.sxskcb.com

经 销 者：山西出版传媒集团·山西人民出版社
承 印 厂：北京建宏印刷有限公司

开　　本：880mm×1230mm　　1/32
印　　张：7.25
字　　数：150千字
版　　次：2023年5月第1版
印　　次：2023年5月第1次印刷
书　　号：ISBN 978-7-203-12868-7
定　　价：69.80元

如有印装质量问题请与本社联系调换

邂逅：从陶瓷到鲜花盛开

◇ 杨胜应（苗族）

看到《指尖沙》诗稿的时候，正值人间三月，漫山遍野的油菜花开得金灿灿的，甚是迷人。我知道，这个时节盛开的不止油菜花，还有梅花、桃花、李花、梨花，等等。脑海里突然出现这样一个句子："鲜花盛开的季节，是一切美好的开始。"而当进一步了解了俊颖（蘩藿）这个人的时候，有关诗歌、诗人和故乡的命题再度萦绕在我的脑海。这也是我多番思考而确认的一个认识："离开故乡越远越久的人，笔尖流淌的诗意越是浓郁。"

很多年前，我曾写过一些诗歌评论，曾提出过这样一个判断："如何写好一首诗歌，让诗歌流传在我们的生活当中，鲜活地在我们的内心深处传唱，这不完全是技巧所能够决定的，而和我们的思想、创作背景等都有着紧密的关系。"同时，我也一直信守着一个创作原则："真诚是所有创作的基石。"我所认为的真诚，首先，是做人的真诚。只有真诚才能够看清真相，拨云见日。其次，是对生活的真诚。凡是热爱生活的人，无论历经多少磨难，终究心里是饱满的。最后，唯有真诚的表达才能够让作者达到内外统一。这里的统一，既指自己创作时获得的快乐体验，也包括读者对作品的认同和接纳。以上种种,归纳起来统称为一种态度。什么最能够反映一个人的态度?无疑是艺术创作。诗歌,是我认为的最容易引发共鸣的手段之一。这也是我偏执地认为,诗人要么是接地气的"苦行僧",要么是与世隔离的"隐士"的原因。

动笔前两天,一个新认识的朋友给我分享了她的一组诗歌,七八首的样子。我仅读了两首就对她的诗歌有了一个基本的了解。我还记得当时我是这样说的:"你的作品就像一块美玉,每一首都很好,每一个句子看起来也不错,但它终究不是琥珀,还在成为琥珀的路上。"对方问我:"此话怎讲?"我直言不讳地说出了我的看法。其中我最为在意的是,她的作品中似乎缺少一种烟火味。所谓的烟火味,其实就是我对诗人到底是"苦行僧"还是"隐士"的一种判断标准。人们常说,文学创作来源于生活而高于生活。诗歌创作表现得更突出一些。其实,我所说的"烟火味"有两层意思,一是诗人在生活中的质感。所谓质感就是诗人怎么看待、对待生活。二是诗人内心的温度。有温度的内心充满爱,这是毋庸置疑的。无论是对家庭及某个人的爱,还是对人民、对祖国的博大的爱,都是一名优秀的创作者不能缺少的东西。虽未曾与俊颖(蘩蘦)见过面,但他用诗歌给了我答案。

这是一本比较厚实的诗集,题材也较为广泛,既有对故乡的思念,也有对人生的感悟。总体来说,我在其中读出了三种"意味"。一是向善向美,大有可为。我喜欢把对人对家对国的情感表达归类于向善向美的本真展示。当然,这是一个涵盖范围较广的大命题,不能一一道来。我更看好的是诗人笔触下流淌着的浓浓的亲情。对于爱好写作的人来说,亲情是永恒的主题。比如俊颖（藜藿）就用《诗萱》《女儿诗萱》《致母亲》等表达着自己对女儿和对母亲的情感。对女儿的情感是澄明、清澈、一尘不染的。如他所写："你的湖泊清澈，纯洁/低诉鲜花白色的芳香……你娇小如一朵花的盛开……我那小小的爱落在你的额头/看那光阴从此安静/抵达一滴水的深层中/诗萱，透明如你，我却说不出深爱。"对母亲的情感是沉重的，疼痛的，悲悯的。如："诚然，我只是落叶一枚/光环被高枝安放着/不可怀念/像我趴在母亲的胸口吮吸乳汁/像我看到她的容貌/像我听到她的声音……"通过对比我们可以发现，同为女性，一个是涉世未深的孩子，一位是饱经风霜的老人，两个截然不同的形象，彰显了诗人对生活、对人生细微的观察和精细的考证。二是热爱生活，慎思笃行。我一直认为，热爱生活是人的一种本能，但能否做到慎思笃行，则因人而异。多少人在前行中迷失了方向，多少人在深爱中冷却了热情，而俊颖（藜藿）却能够让人眼前一亮。因为，他懂得什么叫思考，懂得什么叫悲悯。他在《守望一世的爱》里写道："我积聚足够的雨水包容万物……放下这一世举起的闪电、火焰/袒露慈悲的心给月亮。"所以说，人活着，光有对生活的热爱是不够的，还要懂得发现；光会发现仍然是不够的，还要懂得思考。其实，止步于思考也不算一种成功，还要扫除障碍，心中有暖阳，行动有力量。三是"功不求戾，但求有恒"。意指：用功不求多快，不求马上做出成绩来，只求能够有一颗恒心，能够长久地坚持下去。短暂的努力谁都可以，但是长久的坚持是很多人做不到的。其实，在这里我想表达的是，俊颖（藜藿）完成了对人生的一种升华。即在热爱当中，在思考和笃行当中，让自我具有了一种辨识度。他时常会有意无意地告诉我们，身处逆境时，我们该怎么去做。譬如他用《流淌的雪》和《石匠》向我们传递着他个人的信念。他写道："没分界的雪用她狂野的方式飘落/没标注道德和伦理，虚构用晶莹的白堆积。"继而俊颖（蔾藿）用这样的诗句回答："抗拒疼痛燃起的火焰，我依然坚持/它隐忍地离去。"他又写道："当最后一块碑立在生死之前/挥舞的手臂始终不变。"众所周知，诗言志，是我国古代文论家对诗的本质特征的认识。《左传·襄公二十七年》《尚书·尧典》《庄子·天下篇》《荀子·儒效》等典籍中都有类似的表述。我个人认为，从以上两首诗歌中，可以看出俊颖（蔾藿）不仅仅是在简单地用诗歌记录自己的生活，更有深层次的隐喻和暗示，值得品鉴和思索。

诚然，一首诗歌写出来之后，不同的人会有不同的解读，而一本荟萃众多诗歌的集子，给我们带来的思考将更加广泛和深邃。古话说得好："诗无达诂""仁者见仁，智者见智"。俊颖（蔾藿）的诗集《指尖沙》，让我看到了值得我们认真反思的一面，尤为可喜可贺。他在《我真的不会写诗》中说："我只是甩了甩带泥巴的手/诗歌便落在词语的岸边/它们摇晃着黑色的头发/奔跑，游戏，活了过来。"当我们赏鉴时，会觉得"像陶瓷般莹洁，像鲜花一样盛开"……我想，能有这样的感觉甚好。

作者简介

  杨胜应，苗族，重庆秀山人，居于四川南充，青年作家、诗人,四川省作家协会会员,巴金文学院签约作家,鲁迅文学院三十九届高研班学员。作品见于《诗刊》《民族文学》《星星》《扬子江》《诗歌月刊》《诗潮》《四川文学》《诗选刊》《天津文学》《江南诗》《西部》《诗林》《阳光》《滇池》等。曾获"扬子江年度青年散文诗人奖"等,作品多次入选《中国诗歌精选》《中国散文诗精选》等年度选本。著有长篇小说《川北风》、散文诗集《从内心出发》等。

诗歌，照亮我们狭窄的人生

◇ 剑　东

诗歌，我知道从哪里来，却不知道它最终会走向哪里。

"诗歌"两个字我认识，可真正让我去解释诗歌为何物，我却感到困惑和惶恐。

诗歌，就像挂在天空中的太阳，温暖着万物。可以在晨昏时管窥，但它里面到底蕴藏着什么，是什么物质让它能够直抵人的灵魂，恐怕没有人能说得清。

与俊颖（藜藿）相识于寻找"诗歌是什么"的路上，十几年间断断续续地联系着。虽然从未谋面，但以诗歌作为媒介的诗意交往，更显得纯粹简单。自2008年开始写诗至今，俊颖（藜藿）的诗歌呈现出一种螺旋式上升，一点一点拔高的姿态。正是这种姿态，让他坚守着一颗寻找"诗歌是什么"的初心。

俊颖（藜藿）的诗歌有着典型的现代主义特征。其实我并不愿意将正处于创作进行时的诗人定义为某种风格的诗人，但俊颖（藜藿）诗歌中强烈的象征符号所展现的主观性和内省力，却又让我不得不这么做。不过，一个诗人的创作之路在曲折迂回中，一定会有一段时期是走在同一种心理语境中的。他的主观性来自具有深刻体验的生活细节，譬如"我可以试着问候落地的一条虫子/看它越过所有的雪崩之后是否还无恙"。生命的轻重不在于体积的大小,更不在于以什么形式呈现,重要的是发自内心对于万物的尊重。这正是诗歌的魅力所在。它最终会走向哪里?化为何物?我并不知道。也许就像庄子所言:"是亦一无穷,非亦一无穷也。"

当代社会的多元化,意味着文化语境的多元化;文化语境的多元化,必定会对某种历史上曾经繁花似锦的文化艺术形式造成冲击,甚至是决堤式的撞击。物质生活的洪流浩浩汤汤而来,让诗歌成为小众文化。幸好还有这么一批热爱诗歌的人在坚持着,让语言更自由、更鲜活,并迸发出与时代同步的创造力。

俊颖(藜藿)对生命的尊重,让他的诗歌充满了对现实的审视,也充满了对自我的反思。当他的目光从现实世界转向精神世界时,形而上的真代替了现实世界的真。这种抽象行为并不复杂,因为现实世界的客观对应物不一定就是客观的真相。真相往往隐藏在表象背后,成为被语言所遮蔽的阴影。人类对于语言的认知能力和命名能力还处于发育期,它只能区别物与物之间的某些不同,还不能对超出这个范畴的事物给予准确而充分的表述。幸运的是这个世界上还存在着诗人。

俊颖(藜藿)的《指尖沙》即将出版,这部诗集是他近年来诗歌创作的总结。寥寥数语,算是对还未谋面的兄弟的一份祝贺。在这条荆棘丛生的探索"诗歌走向何方"的路上,能遇到同行者,我发自内心地感到快乐;能见到同行者的诗歌结集出版,更感欣慰。以下诗句抒发了我的心声,愿与俊颖（藜藿）共勉。

　　让我们做一把锤子
　　将语言放在真理的铁砧上
　　一遍遍锻打
　　火花四溅时
　　那转瞬即逝的微弱的光芒
　　将照亮我们狭窄的人生

剑东于冰城

2023 年 2 月 3 日

作者简介

　　剑东，原名金学忠，黑龙江省阿城人，黑龙江省作协会员。作品见于《诗林》《星星》《绿风》《诗刊》《青年文学》《散文诗》等刊物和多种年度选本。

将冷暖的灯光沉入丛林

◇ 陈少华

结识俊颖（藜藿）纯属偶然。去年一位《朔风》的诗友在作协年会上对我说，有一位济川写诗的作者你认识不？真有点惊讶，这么多年来我一直为生计在外漂泊，返家的时间少得可怜，即使回家也是办完事就匆匆回南方了，所以对俊颖（藜藿）这位写诗的同乡感到陌生。好在有一天下午，《朔风》的编辑把我们召集到一个茶楼，品起了茶，聊起了诗，聊起了母校，聊起了在外不易的工作与生活。立春后的阳光是和煦的，我们都一样，突然觉得有一种淡化的诗歌语言随着冷暖的灯光沉入丛林，格外幽静与沉寂。

指尖的沙粒触及我某一根神经，确切地说，是一位歌者，他给太多的沙粒注入了水分，让我感觉到的轻重不在于目光的长短，所有的阅历他都可以立体地展现出来，以分行的格式加以叙述，而叙述的背后往往萦绕着一种余音，并附上白塔公园内樱花此时的色泽，一一布满眼帘。

俊颖（藜藿）诗里的故乡，是济川，是他乡的他乡。在现实生活中，我们匆匆游离成了陌生与熟悉的过客，恰恰我们又如蒲公英一样，把临时的驿站作为一处茅屋，像杜甫、海子那样去追寻春暖花开。有时生活成了一片星光，有时生活成了一种感伤，无论走到哪里，自己都会想到用诗歌的语言来倾诉一些欣慰与孤独。诗与远方没有距离，有距离的只是生活中烦琐的事物，它们是一缕炊烟，一群飞鸟，一道彩虹所引申出来的视觉。我们可以写成诗，可以酿成酒，也可以沦为擦肩而过的路人，忽略向左或向右的方向。但俊颖（藜藿）从不局限于单一的思维，他是一个有念想的跋涉者与观察者，像流沙一样洗涤河床，直至有坦诚的背影出现。在传统与非传统之间，用什么来维持现实的秩序呢？种子与土壤已不是生活中的定义，谁又能给落寞者以支撑的基石？"我发现我已经步入中年/和我一个模子刻出来的人是我儿子/他的微笑跟梨花一样/思念把我从一条叫岁月的河里捞起。"（《春梨》）有付出的收获才是真实的，对他来说。

其实，诗给了一些文字灵活的色彩与语调，质朴、平实的词语酝酿出了不同的场景。它有稍纵即逝的过去，现在，未来；也有反反复复的压抑，释放，赞美。让诵读者从内心提取一些多元化的声音，像是在一大堆生锈的农具中被泥土磨得锃亮。俊颖（藜藿）在写诗的同时，又融入了绘画者擅长运用的色彩。在他的朋友圈中，不时会看到一些关于花鸟鱼虫之类的画作，后来才知道他在学习绘画。画中的事物在诗歌中以分行的形式呈现，难免会出现突兀的情绪。正是这种情绪提供了一股剑气，让诗歌具有了张力，从不拖泥带水，干练得仅余只言片语："秋风如猎刀，在铁水里淬炼出我的模样，又恣意挥舞/热血燃烧，将七尺之躯抛掷于悬崖峭壁。"（《秋风》）

或歌或赋，或诗或画，任何艺术都离不开创造。博尔赫斯在目盲之后依然能够准确地从书架上找出自己想要的书籍，他惊人的记忆力与感悟力成就了独特的第三只眼。写诗也是一样，能够借助一些素材来获得灵感，比如同一轮月亮之下，除了以酒当歌，也可以拈花伴月，唯一不同的是，在风花雪月里，俊颖（藜藿）仍然能够入乎其内，出乎其外："千江有水千江月，万里无云万里天。"（宋代雷庵正受禅师的偈语）在《诗萱》一诗中，他写道："我依然爱着那些河流/植被，像爱我的女儿/她像我放出去的风筝/我以为线还在手中……我依然爱着我的女儿/像爱着我身旁的河流/茂密的植被……"在川东北静谧的村庄里，他可以听水磨滩的流水之声，可以看向坝村的油菜花，可以寻找东岳庙的禅语，在植被的枯荣中，感受失而复得的欣喜。

在信任与迟疑中，诗歌的语言经历了从朦胧、抽象向现实主义的转换。正因为这种转换，使俊颖（藜藿）的诗作具有了一种乐而不淫、哀而不伤的含蓄蕴藉之美："厚重的感慨，为一轮明月反复游走他乡/我在北方雕刻生了锈的身体/在八百里加急的驿道上寻找失落的马匹/若你无声而至，我如土墙垛之身分崩瓦解。"（《土墙垛》）俊颖（藜藿）的乡愁里有明月，有生了铁锈的身体，被北方雕刻，他相信了北方，借土墙瓦解自己，将一些侠士的侠风义骨如鹰的翅膀抖落。俊颖（藜藿）说今年的身体不如去年，今年基本上都在营山过日子，说是手术前的身体仍在观察中。大概手术是一种救赎，对于一个有着很强的求生欲望的人来说，不只是一把手术刀进入体内那么简单。他的心情的确需要另外一人安抚，现实却仍把他留在了故乡。只有故乡才能庇护他，只有故乡才能唤醒沉睡的语言，如手术刀一样，锋利地抵达温暖的胸腔，治愈体内的顽疾。我想，俊颖（藿藿）在经过一场变故之后，一定会走出人生的低谷，不会再承受一些外来因素的困扰。

在当下的诗歌写作中，存在着激烈的拥护传统与反传统的争议。由于每个人的审美观念不同，各自所运用的写法也就不同，侧面的，正面的，平面的，立体的，把贴近生活的东西几乎写了个遍、写了个透。愿俊颖（藿藿）能跳出种种束缚，摆脱命运的桎梏，重新阳光地抒写，多创作一些贴近现实的作品，不再有陶瓷般易碎的愁绪，而是在流沙之处有"像鲜花一样盛开"的欣喜。

作者简介

陈少华，四川营山人，作品散见于《诗刊》《星星》《诗林》《扬子江》《阳光》《天涯》《天津文学》《四川文学》《作品》《广西文学》《福建文学》《芒种》《西部》《四川日报》《南方日报》《散文诗》等刊物，著有诗集《城市·乡村·铁》。

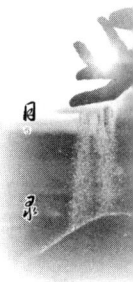

第一辑 倾心的岁月

落日隐退 / 003

万物生 / 004

离别的村庄 / 005

绥山的夜雨 / 006

伫立黄昏 / 007

千圩村 / 008

迎客松 / 009

雨打芭蕉 / 010

种植月光 / 011

敬亭山 / 012

在塞北 / 013

枯　树 / 014

归　鸟 / 015

乡　村 / 017

守　候 / 019

娘没长个子 / 020

三轮车夫和驴蹄子面 / 021

水泥丛林 / 022

蔷　薇 / 024

挖　沟 / 026

石　匠 / 027

焊　工 / 029

行　走 / 030

蜘蛛侠 / 031

尝　试 / 032

夜　雨 / 033

月圆之夜 / 034

雀　鸟 / 035

河　流 / 036

无　题 / 037

草原之夜 / 038

汉　瓦 / 039

沉　船 / 040

大地落日 / 041

落日西下 / 042

东岳庙 / 043

问　候 / 044

致母亲 / 045

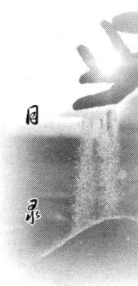

在颤抖中拥抱一条河流的内心 / 046

暴　雨 / 048

春　梨 / 049

第二辑　诗意的栖居

清　照 / 053

秋　风 / 054

镜　子 / 055

品　茶 / 056

老　屋 / 057

秦　俑 / 058

夏　至 / 059

立　夏 / 060

艾　草 / 061

春　光 / 062

春　花 / 063

春　声 / 064

春　水 / 065

消　息 / 066

磐　石 / 067

落　白 / 068

飞　鸟 / 069

腹　地 / 071

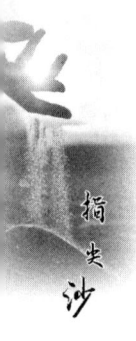

雪　峰 / 073

情　绪 / 074

独　饮 / 076

南　山 / 077

替　代 / 078

诗　萱 / 079

灯　盏 / 080

第三辑　中年的思索

低　语 / 083

雨　后 / 084

皓　月 / 085

印　象 / 086

水　杯 / 088

容　器 / 089

丁　香 / 091

想　起 / 092

芙　蓉 / 093

朝　霞 / 094

取　代 / 096

光　阴 / 097

我像一只瘦雀鸟 / 098

土墙垛 / 099

野菊花 / 100

春　天 / 101

流淌的雪 / 102

我真的不会写诗 / 103

女儿诗萱 / 104

长安雪 / 105

空 / 106

深夜听雨 / 107

走过麦田 / 108

黄　昏 / 109

烤　火 / 110

饮　酒 / 111

说　雪 / 112

子　建 / 113

佛　印 / 114

取　景 / 115

寒　夜 / 116

红　杏 / 117

看　海 / 118

琥　珀 / 119

没有月亮的母亲河 / 120

苔　藓 / 121

喊　雪 / 122

乌　雀 / 123

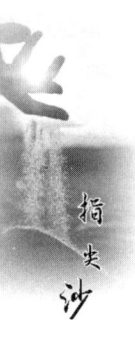

安静地站在原野上 / 124

问道青城山 / 126

拜水都江堰 / 127

旧时光 / 128

清　茶 / 129

酒　赋 / 130

岷　江 / 131

第四辑　如歌的行板

何时归 / 135

酌清茶 / 137

听一支夜曲 / 138

流浪与梦想同在 / 140

每当提起凤溪河 / 148

守望漫天繁花 / 149

爱天空一朵白色的雪 / 150

走过杨柳湖 / 151

春回大地 / 152

香积寺 / 153

西岭雪 / 154

元　宵 / 155

你我都曾是天地间的植物 / 157

霜　花 / 158

成都续 / 159

金马河 / 160

邛崃酒 / 161

榕　树 / 162

第五辑　虚空的顿悟

假如生命从衰老走向新生 / 165

依　恋 / 167

杨柳依依 / 168

过黄河 / 169

在清水湖 / 170

被剥开的果实更像赤裸的内心 / 171

那些倒下的树木依然活在人间 / 173

抽出水中波咀嚼阳光味 / 174

大地以沉默的方式站立 / 175

早春的河流怀念着秋水 / 177

与嘉陵江对坐 / 178

满江红 / 179

你来时，我无地耕种 / 180

餐桌上的花 / 181

一朵花端出春天 / 182

从月光下捡起那一片鸟羽 / 183

在医院的夜晚等时间煮雨 / 184

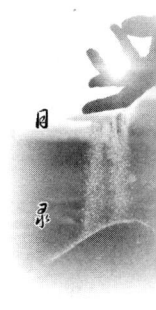

落叶在春雨里突然转身 / 185

春风古寺有雪更像古寺 / 186

绥山深处黑山羊的叫声 / 187

我用白霜写这多情的一生 / 188

守望一世的爱 / 189

我的光芒你无法再遇见 / 190

阳光正填充褶皱的缝隙 / 191

在书海虚构出一条河流 / 192

在山外 / 193

摘茶叶 / 194

画中的瀑布 / 195

等候的站台 / 196

像匹老马开始寻找春天 / 197

中　年 / 198

我一再打听春雨的消息 / 199

我的中国，我的梦想 / 200

再一次为绥山朗水抒情 / 201

雨水中我抵达一朵桃花 / 202

我像一个芒果解构自己 / 204

后记：匆匆《指尖沙》/ 205

第一辑　似心的岁月

落日隐退

落日消沉,不知道蒲公英黑色的影子
舞蹈跟随其父的手臂,雨水过后的风声是大地舍弃的痛苦
抚慰只是漫过时间缝隙的石头和云层
没有孕育的周期。像鸟的鸣叫

把山谷喊得更辽阔,辽阔是没有边际的
草原湖泊停靠着疲惫的鸟雀,只有归山的落日在隐退
仿佛飘散的蒲公英,她有风的影子
飞奔扑向大地的怀里,一直步履不停,埋下诺言

心把手掌触向梦里。我不能马上捕捉它们
与心,我要说说真爱

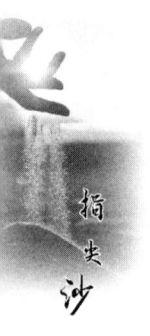

万物生

我沉醉于水的光,她勾勒出万物
存在于色彩的无形里,她嘴唇不吐纳气泡
有水在,生命就要绽放
她绽放的花朵形状像你我靠近的身体
有眼眸,可以澄清天宇
她留白整条河流汇集大地的沟壑
朝东方奔腾,永远不分离,像太阳与大地
她流溢出血液交给万物重新铺展
她是典雅的诗歌境界,万籁俱寂是水在歌唱
雪花会在此时相溶于水
马蹄会踏过,雁阵变化
万物沉睡,时空的门,随风浮现
在我的窗边守望,胸有丘壑,画笔涂抹
我仿佛万物之间的一枚
心会如水般柔软,我放不下沉重的石头
需要给河床截断一根木头
蘑菇在上面点燃火焰,允许万物
像枯荣和新生,悄然来到人间

离别的村庄

  月光如雪马跳动苍穹的白色棉花，话语太浓。风声张开树枝
  数着河畔的石头，大片落叶堆积多年泥斑
  后退的村庄隐藏于森林，夜色里
  触碰田园空寂中水草的摇曳
  我尝试同鸟雀一起保持安静，仿佛群山
  被万物所遮蔽，我控制思绪
  数钻出春天的石头，慢慢掐指计算离别的日子

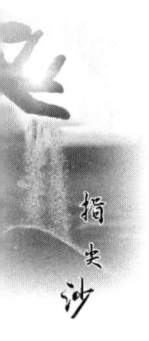

绥山的夜雨

四月芦苇沉醉于雨水,花期短的植物
沉醉于河床。涉足人间的爱
像马匹跨过栅栏,捞落日灰烬
桃酥样柔软的湖泊
深蓝是季节透彻的眼,归来远去的船
用一支渔歌的尾音注入百姓的瓦房
沉醉的我策马扬鞭天下,夜雨洗净绥山的沉醉

伫立黄昏

一叶知道秋天,整片森林知道
所要面对的风雨和雷电更多
像你归来时马蹄的消息
被积雪和荒草发现
我要在所有树木摇动之前到达黄昏
语言的温暖,像丛林,把阳光聚集在手掌
她治好了伤痛,需要用雨水滋养
土地种上粮食和酒浆
我要在寒冷的季节为身体取暖
我要穿越云海河流
我要把树木的颜色改变,需要安静的夜
需要月亮在我的嘴唇上划过一道亮光
我需要一朵鲜花
要她种植在我随时能够看到的山岗,迎接着春风
我想要生命的摇曳
她提示我最初的善意和良心永恒
就站在这里

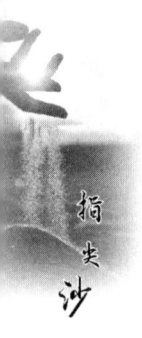

千圻村

我在绿色长廊的尽头转向
在千圻村的油桃中，抽取一粒扇形的手掌
木桥、栈道、亭阁
戏楼、石风车、竹栅栏

我将对春天说的话托出，一曲流水
沿着田野花香而来，叠翠的梯田
有多美，湖水就有多宁静，即便白鹅游动
我看不到这一层浪花，以我的温柔感受风

无名的花，叫不出名字来也漂亮
少数鸟鸣会打开此时的天空，多惬意
我要爬上去，再高的山峰也可以在我脚下
我不能愧对自然的馈赠
群峰俯瞰的河床，流淌绵延不绝的新绿
我要帮植物找寻到踪迹
向天空铺展，这一望无际的希望

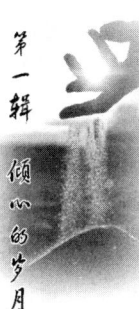

第一辑 倾心的岁月

迎客松

绿藤,缠绕崖壁斑驳的分离
一棵迎客松,远眺黄山外的云海
此时太蓬的山脊正绵延村庄的晨曦
她种植万物沉睡的眼眸和日月照彻的水流
沉睡五百年的年轮被后人篡改

迎客松,在绥山彰显生命的奇迹
像我的中年不愿更换骨头而屈膝
背负山川与河床,将根须深深扎在村庄之上
且闻耳语似的篆体和梵文,没有山火
白蚁和松鼠摧残她的身体,活着真好
此生和千古的松花,诉说对故土的深爱
一如我的不善于言辞

太蓬山上的迎客松
俯瞰人间的冷暖,用坚强写下不灭的信念
使漂泊远方的人,寄托荣光中的回眸
像母亲逐渐苍老的手,将此生牵扯挥动
金色的光芒照耀
像冰封的心门突然获救

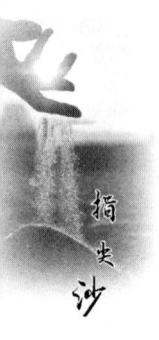

雨打芭蕉

用芭蕉承接大片的雨水,直到再也抱不住
瓦片之下的草在上面悬垂
濒临黄昏,山门大开
万物重新走在自己的影子里
植物寻找山林,虫声寻觅荒野
故乡长出的月亮,在湖泊里反复游荡
像你伸手
触碰整夜的星光,亲人
走进爱的房子,听风的笑声,流泉飞奔而来
我揉碎落叶和火焰
和新垒的石头一起
变换成春秋
永恒的思念

种植月光

雪把树木弯成眉心和眉心上船的影子
湖泊停靠鼻梁和鼻梁上的山川
而我嘴角和嘴角上方显露雨水
远过远方的故乡的土壤
远过岩石上挺立的树,树根须更深层的眷恋
必须征服风雨笼罩的城,必须让叶的翻滚如浪花
如浪花沉醉整片湖水的宁静
像雨,像爱,像月圆的夜晚看繁花怒放
必须指引,必赴归期
心若明镜处,必要舍弃每一粒灰烬
灰烬遮住丛林,燃烧掉这黑夜
燃起这人间的火焰,与万籁俱寂
走过群山、河川、湖泊
此生继续伐木割草,种一地月光

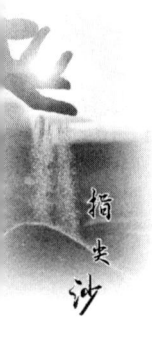

敬亭山

我长袖歌舞,渴饮敬亭山
太白不与我说
剩鸟雀和阳光抖一缕给人间草木
无风,石头沉默于孤独的河床
比酒更醉人的是云朵
抱紧花儿开在天的一边
在这安静的台阶上
苔藓爬过的脚步,有时靠左
有时靠右,惹哭旁边的绿意
温暖像穿枝抚叶的梦
大片手掌承接的火把
在敬亭山的上面,我独自用手指写诗
与太白对饮
用日月熬良夜,用青梅煮酒
在白雪融化之前你我称兄道弟
指天为誓
上酒
我醉写敬亭山

在塞北

多年来我不提雪。我拉长黑夜
像草丛模拟一只鸟发出的声音
塞北,我从飘雪的路上奔来
想你的时针是否停摆
你无视这城墙,却把春水再次揽入我的梦中
多想砍几根木头做一条小船
塞北,你我太久没有靠近水域
草色倒伏在两岸时,记得叫花儿摇曳久违的芳香
记得给孩子们画春天
记得让爱去温暖潮湿的泥土并相互融合
你我要永远善良,像融化的积雪
汇入那更广阔的原野,滋养每一株植物
爱无私得像孩子的微笑。多好
我看到或者看不到,塞北一直在我心灵之岸
任性地奔跑

枯　树

靠近那云絮，才能收容秋的眼泪
需告诉根须抵达肉身，枯萎正渐次攀爬
如今，我将思念写满天空，和湖水共舞
相望，在遥远的地方
自繁华最终落尽的叶片
像归期，像眼眸
像潭死水，放空所有流动的泥
沉睡。做梦。重生
像越来越挺拔的森林
可以遮盖三两棵枯树
无妨。像人类面临的抉择
取舍，我宁可放弃一棵枯树转身朝前去
我知道那疼痛
在疲于应对风霜烈焰的日子
将我的身体埋进土里
我会察觉春的气息和你

归 鸟

鸟振动身体落进树林
在黑暗的深处
鸣叫
声音低沉
想象被剥开枝丫
疲惫被抚慰
在江河之间浮现身影

像岁月行走
褶皱掏空我的脸庞
阳光穿透的瞬间花朵绽放
我铺开忧伤去热爱
忘却夜色的孤独

歌唱在飞翔和留守时
我振动身体
回味春秋熬制的酒
敬给未来
鸣叫

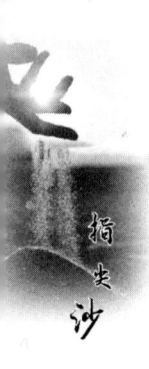

声音低沉

黑色的梦想停在远方
我一直都在远方遥望
像鸟落进树林
像我饮下日月

乡 村

芦苇荡起村庄,有走远的影
雪落入灰褐的软泥,枯枝,以及
麻雀的巢
聆听茅屋下的夜色
睡梦安静,船桨没有水声
篝火抱紧树叶,鱼群坠到深处

看一个院落紧挨一个院落
看挂果的树木
酿造木桶装的酒

看一群鸭子摇晃在眼前
腿脚的瘀血划破麦秆的声响

看一个漂亮媳妇
踩着疼痛的路,挥手,高歌

看久居城市的楼房
怀念倒立的背影

贪恋呼吸那口空气
如今，回忆雪一片一片落下

守 候

穿越远方山川,火车寻找家,不停地流转
用声音寻找,传递的梦,在我住的地方
足够承载百斤的体重
我寻找你离去的影子,找不到失去的颜色
越来越多的雪,把群山掩埋
脚步交给河流,流淌的眼睛找不到你

抓住我的肋骨,夜晚的狼在仰望
月亮的黑暗吞噬孤独,浮现你诱惑的背影
移动湖泊,丛林,花朵
梳理你披散的头发
我始终怀念
鸟鸣的姿势,掬水的甘甜
像寒意依旧,浸透我的身体
风霜,在春天萌芽
谁还在站台,守候雨水

娘没长个子

我出生那年山就那么高
河就那么长
娘就站在夕阳的影子里
我不要山
也不要河
我要娘的影子不变
我把山河装在花园
夜里,我听她们的呼喊

三轮车夫和驴蹄子面

那驴日的阿迪
那驴日的日子
载不动房贷和女人的阿迪
有一辆破旧的三轮车
只要还有把子力气
一个人
一头倔驴
蹬腿,压腰,前倾
再高的坡都能上去
累了吃碗驴蹄子面
美得很
关键还可以看看老板娘
那胸前抖动着月光
也养眼睛
停下车,说几句煽情的话
一碗面十五块钱
比上千块钱的房贷
比冷眼相待的老婆
美得很
不是美得一点点

水泥丛林

将虚空的大地灌满水泥，堵塞喋喋不休的话语
封印告别深渊
行走在城市边缘，挥舞锄头的我
找寻藏在深处的琥珀
我的脚步会被泥土逐渐淹没，尘埃会落下
和真实的黑暗永远相对

挖出一个深坑，土拨鼠建造它的家
储存足够的食物
抛开大地给予的希望之光
倒塌的房屋重构，祖先的牌匾被掩埋
长满荒草
成为虚无

梦中修起摘星的高楼
像牛羊跟随水草迁移世居之地
河床，因流逝而下沉
霓虹和都市旋转
浇灌巨型水泥

石头回归大地
泥土被重新挤压生出褶皱
我尝试做一个打工的诗人，面对大地
和怀里睡眠的花朵亲近

蔷薇

工地的蔷薇争艳,汗水灌溉
语言的花瓣
美在呈现
风翩然吹拂她怒放的身姿

电锤敲醒大地
日子相继缝合
火焰和粗糙的手臂伸向天空
芬芳的味道流溢
唇齿含笑吐出晶莹的消息

人辛苦劳作,制造和被制造
生活,江湖,日月

机车嘶吼,我与夜晚沉默
雨水落地,渣土入坑
分割回填,砸烂重塑

人类次第按枝丫承接

城市的天梯在成长，登高，望远
蔷薇，蓄满她的爱
和我的忧伤

挖 沟

用手和机器挖
挖出大地的心脏和血脉
假如不能填充伤痕累累的身体
这些枯枝落叶
只会埋葬
逝去的时光

石 匠

群山掩埋鸟鸣迎接打石匠
一把锤子,带着
几根磨得发亮的长长的钢钎
穿过石头之外,孔洞戳眼
手指抚摸的疼痛
不忘吼一嗓子,喝口老酒
制造醉意

一块石头,石匠会打磨
会雕刻出内心的悲欢
喊醒一座山
用心琢,雕出雏形
尝试和石头说话,表达
朴实的美

当最后一块碑立在生死之前
挥舞的手臂始终不变
那些振动山林的号子,回荡于深渊
滚落黑暗泥土

日月担肩上，吐一口唾沫
揉搓，双手枯竭
褶皱，像林木安静地摇晃

焊　工

锤的撞击，用螺丝咬合，反复无常
在机床上跳跃的火光，白昼揭开的伤疤
没愈合，撕裂的天空，孤独像闪电

电焊工没有回答时间的问话。口袋捂紧风泄露的秘密
守望妻儿的眼眸。无数孩子被双手举起
重重地一次次被捶打

萃取花朵和水融合，模型悄然浮现
我微笑着，高举和落下手中的笔
大地的缝隙被忧伤填满
焊接生活

行　走

给天地的脚，诉说我行走的力量
像草砸向深蓝色的湖
我必然承接柔软的爱，像落木无边飘下
脉络显露年轮，野火高过云彩

诉说给天地的脚
远去的飞鸟和河流拉开距离
像我的思念，无人来渡
我没落下遗憾

春秋易醒，交错的酒杯
像一粒粒草籽
我不清楚和谁在哪里拥抱，在哪里握过手

脚步何时变得蹒跚
像我驻足在一株花前泪流满面
或者，继续朝前，面对风暴，等待的雪始终没来

蜘蛛侠

蜘蛛爬在高楼上
离开田野
玻璃吸收了阳光雨露
我看到大海波涛汹涌安静无声
月光照不透孤独的风
把人字形状分割开
不变的夜与昼
改变春秋的颜色擦拭
我手掌龟裂的褶皱
凌乱地落在斑马线上
我渴望一列通往春天的火车
想象被无数嘴唇吐纳的网带回乡村

尝 试

枯木逐渐腐烂
残身不再投下影子,霜紧贴着枝丫
眼泪尝试在脸颊像梨花般垂悬
黑暗加剧
冷暖

尝试,面对一截故乡浮动的船
和高山上挺拔的迎客松
它们在天地之间有翅膀
有远离异乡人投影时的逐渐稀疏

雨水无法复原旧时光阴
躲藏在阁楼的繁花不能每天照镜子
我尝试去种植人工培养的植物
永不死亡的火树铁枝取代所有从荣到枯的更替

我尝试种植身体里缺失钙化的骨头
一边练习重新站立,一边练习走路
尝试
面对生命和腐朽

夜　雨

夜雨飘落。孤寂的灯光最后沉入丛林
贯穿河流的雨水冲刷寂寞的大地
守望的我将背影留在她身后
千年太长，也许来生不必猜想
植物的根须如同我呼吸时必须携带的
坚毅之心
枯荣与共
暂且没有修饰这凌乱不堪的头发
错乱的时针被迫停摆
雨水洗刷着旷野，如今
我没有一滴泪可以穿透虚无的夜
雨落无声

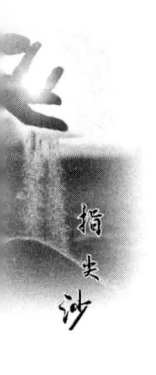

月圆之夜

月亮靠近蜀道,说着并不如烟的往事
所有的河流若隐若现
渔家女晾晒一天,船不摇
安静的夜晚不见了铜镜,不梳妆
明晃晃的水里洗涤赤脚和浅声低唱

走过一座山,见识了远路、霜花和枯木
我们认识了,南充
走进故乡的眼眸里,小小的船儿
有人的地方,嘉陵
再看看绥山高耸的白塔
她能缝合我的忧伤

月亮认识的人在天上,不再发声
安静地取个名儿,走这一生
我可以叫她诗萱,或者逸阳
或是我和流水一样远去
月圆之夜,语言和我无关

雀 鸟

雨夜一向太多
雨夜重复着雨夜
像绥山,雨夜寂静无声
她是那么温柔多情的姑娘
寂寞抽出温暖的怀抱
我等雨水流过磨子街
流经一条赤足而过的北门河的时候
多像我流过今天的日子

我在深爱女人的心尖上
我像每个雨夜的男人
匍匐在荆棘之中的雀鸟
忧伤是今夜你回应我的歌唱

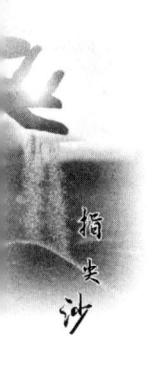

河 流

我捧出河流并感受她的柔软
青草抖动树叶旋转落下
她的影从寂静中浮现在眼前
大地疼痛的声音
伴随我的脚步
我的嘴型呼喊归鸟的歌唱
有雨，铺天盖地
却又稠密无声
我所遗失的夏日
在营山河里打捞出深蓝

无 题

风吹过,风带轻拂向上的浮尘
胡须和类似羽毛的植物
远古的褶皱,汉字如一场雨自由落体
我改变抒情的方式,尝试与宇宙对话
我承认自身的卑微和渺小
像这些黑色的名字燃烧
最后把夜晚交付给一截木头
我沉默着预约生死的某些信息
风吹过,那未曾凋零的花继续摇晃

草原之夜

奔马如海潮的涌动
云絮欲揽收舒适的人间
放牧四野的牛羊
逐渐回归夜晚静谧的草原

安静的秋色
灯火撑起了眼眸
我试着走近梦的山水

汉 瓦

我挖掘泥土里的秦砖和汉瓦
鸟雀挖空蓝天
消失的水草在枯萎的地下呈现身体
一些遗留被发现,仿佛你我
不说过去,不说秦朝,不说金戈铁马
无聊的风声,掀起空洞,甲士满眼泪光
荣光尚在
雪花的漂浮带动一座城所有的轻拂
爱,不眷顾手指粗糙的女人们
她选择古城村的大树乘凉
青睐嘶哑的秦腔穿过的黄土

沉　船

木头已长出蘑菇。水的搁浅与吞噬，完成船体
遗留的夜，抛出烛光和雨的怀抱。虚拟入梦
缔造更多春天苏醒。比如积雪的群山
和无言的湖泊，她深藏不露爱。原野和山谷
眼泪和深渊的结合处，风霜完成树和植物的洗礼
像我们沉睡和早起，放空尘埃以及耳语
纠结向上的语言。姿势，它保持并恒久
保持，一种韧性的腐朽，或交给火焰燃烧得
彻底。潜行的鱼，塑造温暖的软床
收容伤痛和悲哀的爱，思索捕鱼人明天的晚餐
沉船不变的虚构，指引着航行坐标
孤独不是夜的安静，比如星辰，或月亮睁开的
眼睛。悄然覆盖一些秘密，给予大海的希望

大地落日

落日的大地,温暖的鲜花开在那里
溪水在脚下,白马甩动着尾巴
我的湖泊越来越靠近城市
泥泞的路不见了

瘦弱的朋友,她和兰草一样
内心涌动的记忆太浅,我找不见远去的阳光
沉入镜面,村庄有安静的水

在黑暗里,月亮增加山的高度
我看不见繁星留下的眼泪
树枝是寒冷的,如我的霜发
喉咙里有破裂声,像惊雷

火,最终被群山所覆盖,像藏于草丛间的鸟雀
倾听着,慢慢掏空苍白的地平线
东升西落

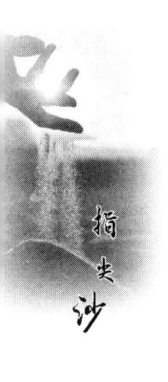

落日西下

落日将爱返还给手指,泪眼相望
草丛低过身体。我逐渐独占
空出一湾的水月,临湖的垂照
几点江山换新绿,人间又至清醒时
中年疲惫,幻化花朵开在枝丫上
我倾听孩子欢快的呼唤

把自己的倒影留下
和一个深渊的嘴唇去揣测,苍凉如
抚摸
石头堆起来道路,旅人无影
群山般沉默,你不如那鸟鸣的婉转
长久地,分割在一座城之间相守

万家灯火淹没于夜色,我安放自己
在琥珀样的地壳。我沉埋多年
并为日落逝去而陷入沉思考

东岳庙

绿藤攀爬的墙壁大概有尘埃的灯芯
越过山丘而下听东岳庙在阳光里
扑腾的白鹤有过一场飞舞芦花时的池塘
文化中的信仰,裸露身体,荆棘布满的伤痛
再经过高墙,跌进四角长廊之间
有树遗留天地。我匍匐的身影,追寻的春天
走向顶礼佛像。空山不闻鸟鸣
我的沉船在黑暗里撑篙
顺着青苔低落的流水
发掘的松软泥土,从人身体抽出媚骨
抵挡寒冷的风霜安静一盘檀香
升腾我渺小而倔强的魂灵
吞噬我泥坯的形体注入鲜红血液
迷茫,像一支重新点燃根须显露的蜡烛
照彻
夜生昼,昼诞夜。我要在东岳寺庙跪拜
跪向故乡的大地,重新埋下一粒种
长出如春天般新鲜的梦
迎接随时走向你我的风声,低头不语

问 候

花盛开在月下,我坐在水边
敲更的人捣碎了白雪
火跳了一夜,我跟着她起舞
南山的草木
一直摇曳着风声

水车不知疲惫地转着,没移动一步
我跟随月亮进山
月光透过我,问候缝隙的叶
雨惊碎飞鸟的梦

装扮一新,我细心地打着粉底
覆盖瑕疵,揪掉相思染就的霜发
丈量伟岸的身影
怯弱已无处逃遁

致母亲

诚然,我比落叶更早抵达
湖面生出涟漪,或许
我能够翻动一片天的白帆
安静的时光,能看见
澄清后的雪水
流下来
诚然,晶莹的皮肤相似
在酒杯里调试
甘甜是清醒的,夜色
或许覆盖着躁动
诚然,我只是落叶一枚
光环被高枝安放着
不可怀念
像我趴在母亲的胸口吮吸乳汁
像我看到她的容貌
像我听到她的声音
在人间,花朵尽情地开放
诚然我深爱我的母亲

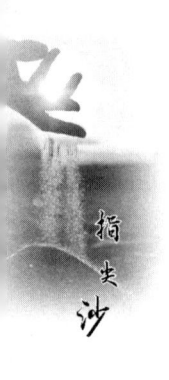

在颤抖中拥抱一条河流的内心

母亲挽手的嘉陵在水鸟的翅膀里
抖出豆花色泽
清汤分一小勺绿意,从长江的支流
下榻
竹筷横卧两岸青山
有鲤鱼滑落肠胃的饥饿
湿润的蜀地偏爱火锅,暖冬的饭
在嘴边吐露余香,无需佐料

我守候的河堤,几只渔船收起船桨
拉拢故国家人的情怀……
换些酒水,辣椒,排出体内风湿
掉牙的铁门,奔腾白马
折向沙石沉底的岸滩
今夜,我尝试做一回诗人
把豪放派诗歌大声唱出
拍桌行酒,猜拳,为君击掌

橘子冻住灯火阑中

大片暮色雪崩桑梓
弹司马讨论的绝美歌赋
以山命名
相约太蓬，古曰蓬州
查阅地方志
考证《南充古镇与码头》

把东去的水天悬空
眺望江楼的红蕖，晒晒太阳，伐伐木
再顺江而下修补几座古塔
从北方寄过来的棉花
做成包裹我身体的柔软的衣裳
那些流逝的终将流逝
水鸟翩飞，在颤抖中拥抱一条河流的内心

暴　雨

睁眼醒来，阳光复苏，河水流失
植物被动物咀嚼，动物被人咀嚼
人裸露私欲，咀嚼的声音，没听见
大地沉寂。酷热的气温
纠缠人类的身体，汗水从须发溢出
我在蝉鸣中摇晃，枯死如同老树
绿色的藤蔓，争夺光照，争取
活着
丛林的高楼，在高楼摘星
流影多坠落。没有嘲笑，没有评语
大河流动的风声填平的街道
暴雨，接着一场又一场悄然来临

春　梨

错过今夜也就别了梨花
梨花，虚构的冷暖不足以形容爱情
像雨水挂在脸颊春光留意的枝丫
她还能展示出昨天窗台上的画像
也像这梨花把流年走遍了
我看见飞舞中的蝴蝶的依恋
见石阶长满青苔，阳光格外地眷顾
草地没有透明的气泡
我发现我已经步入中年
和我一个模子刻出来的人是我儿子
他的微笑跟梨花一样
思念把我从一条叫岁月的河里捞起
那些梨花开在月下
开在水中央，开在泥土里
心脉承接她的肉体，骨头和灵魂
眼泪和快乐，我的万千宠爱会遗忘
会在今夜打开
像胸前雪白雪白的花依次而开
我的脚步逐渐移向故乡
像叶落归根，梨花开了会再开

第二辑　诗意的栖居

清　照

你就说流水，低头，梳妆，明镜，还有明月
挽柳树的手说话。道路太崎岖
不问霜雪，问杯中那点蓝色液体，迷醉的夜晚
填词遣句，我活脱脱像个少女

我的爱没有塑造的粉底和绝世容颜
杨梅迎风流泪，我没有你说的今生
有一池稀碎的影子飘忽不定。唤，清照，或者
就叫我易安居士
有莲，有酒，有墨，有笔，还有宣纸，如此甚好
如此说说婉约，说我满腹诗词涌来

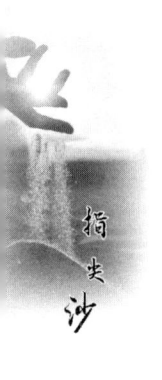

秋 风

秋风如刀,俯视一切微尘
不等沉思,左右云朵的梦,和花相关
等待的绿意消失。水漫过沙堤
逐渐侵蚀,包围,淹没,像风于无形之中袭来

诸如植物的枯荣,复苏,脚步丈量过火同灰烬
她们以爱的名义掩埋
举旗的风带领一对刀客,呐喊着倒下
马蹄声绝,河流呜咽

孤独的鸟雀收拢翅膀
大地孕育新的生机
我眼里的秋风如我,爱恨均已飘落

风,天生亲切,承接所有的压抑,在冰雪中锻造魂魄
秋风如猎刀,在铁水里淬炼出我的模样,又恣意挥舞
热血燃烧,将七尺之躯抛掷于悬崖峭壁

镜　子

　　用布盖上这明镜，面对此时霜花流经大地，满是褶皱的雨夜
　　用多少枝丫切割，擦亮。在凝视间，燃烧过的火焰无足轻重
　　越来越多的须发如雪，如月亮慢慢翻越山川，不留下一点痕迹
　　我不随流水繁花而去，细数的日子，逐一说明，我不爱
　　不愿把埋在软泥里的秘密，露出来，就像
　　把爱交给烙红的铁，重新塑造出她的形状
　　和梦的硬度
　　我适合遮盖青涩
　　皱纹，像鱼沉水底
　　隐藏我万千愁绪

品　茶

清晨黄昏相互仰视
杯子茶壶也仰视,遥寄故乡的苦涩
相聚如虚无,拥抱一个光影
水倒出清脆的回音
仰视的含义没有植物能够表达
翻开褶皱,抵达如露珠的透明
如唇齿温润吸纳,不经意
发现城市已远,柳絮般沉浸在回忆的水面

我与茶水在这里,在焦虑中释放出液体
水气藤蔓样悬垂
那些枝桠上的叶,漠然地与我对视
颤抖的鸟鸣,像我们一样时远时近地存在
品味茶水,如同我漫然写废众多诗稿

老　屋

她最终把我刻在石头上
雕琢，打磨，和出生的年月连起来
有火焰将破折号熏得发黑
时光慢慢复活
我发现她拥抱我如植物般柔软
枯枝，留有走过的褶皱
那些年久失修的老屋空自敞开
逐渐生长成野草的归宿
而我仿佛忘记她泥土构建的身体

秦　俑

天地之间我做你泥土捏成的一具
烽火连天的年月终有你我匍匐守望时的姿势
我要用心去分辨枝桠的指向
挺立的身体
枯竭，我横渡过长江，黄河，华山，灞桥

我逐渐在吹乱须发的风尘里饮一杯浊酒独行
在古驿道和铠甲勇士之间列队
在黄色冻土和深蓝的湖水间铸造
在蓝田行营点亮黄昏时的灯盏

我要看一看这些秦俑
我想看看千年之后是啥模样
那个登临泰山的人
已化为蔓草荒烟
那些布满褶皱的脸颊岂会绵延万邦

夏 至

转身的温度。穿一颗草籽
逐渐旺盛。渴望的夏延续心之所念
园中花,按照次序开始升高
如我日复一日的仰望。满天星辰
集结在蔚蓝的湖面,策马奔腾
任由它狂妄地嘶鸣,唤醒万物色彩缤纷

以中年的形状,聆听老屋的声音
铺开意象不明的画卷。霜发渐白
我成记事的影,取下拥抱的双手
回到落叶中间,她的夏天
走在远方

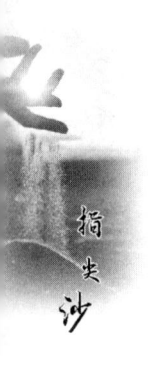

立 夏

长安酒肆遗留的蝉鸣，在飘忽之间困倦
立夏，我把那些柳絮看成雪花
如玉的流水，像女子的长发
树叶听到翻转，夜灯的眼睛倏忽一闪
远藏在深山的月亮，不知尘世的酸楚

我的琵琶弹响过鸟鸣，睡梦里安抚日子
渡船已老，长河的余晖生出铁锈
石头和泥沙堆积在浅滩，难以割舍
内心的痛，等热浪袭来
我的唇岸有无数鲜花开败

艾 草

抽空汁液，揉搓。洗涤枯瘦的肌体，弹指
天问的禅机
绿，反复更换雨水的光
还原河流
还风声带给故园的青衣，丰盈。温情的唇
还干涸的土地以湿润，沟壑间尚开有牡丹
回忆，像无数次焐热冰冷走散的霜叶
我擅长这样仰望，孤独的艾草
摇曳成一片。像时至端午，我怀念如河

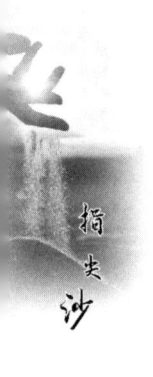

春　光

埋春煮酒，植物保持挺立的势头
我已知的名字揽怀送暖
如女子柔媚、婉约的衣袖
赏花，他们用手迎接珠露

能如我这般安静的人已不多
如春风点染头发，又抛掷树叶
我皱眉时逃过的修剪
在匍匐中抵达波澜起伏的湖水

与一寸阳光争夺
如人类愿意固守自己内心的领地
冷暖是醉意的甜蜜
且斟且饮，我不与时光纠缠

春　花

瓷器从内发芽，枯枝开败缝隙
梅花点缀窗外小径的白雪
许多被收藏于大地的植物
惹哭场春雨
我替她涂抹颜色，替阳光抛开落下的阴影
替夜遮住忧伤，像流水轻抚昨日苏醒的梦
她在这夜晚，适合思念故乡移动的脚步
我的呼声被摁在小院中
飘舞的花朵像她
长袖依依不舍，与月同歌
仿佛现在，视线的澄清
我面对微小的温暖，匍匐在母亲的怀抱
喊疼痛的乳名

春　声

纸张站起来
从树木的柔软里
用各种苍白的颜色来祭奠

品茗。饮抒情的诗词
把抚琴的女人接进现实
虚构的爱张开嘴唇

这颤抖的世界,躺在一条河里
喧闹的足迹远逝
腾空嘶鸣,在钟爱之地

春　水

火焰把一只眼睛刺疼时
雨滴积淀成一泓碧绿
花朵绽放在瘦身的水池边
没有人送来风的叹息
蜂蝶缠绕大地
难以分开
我想，等泪水说话

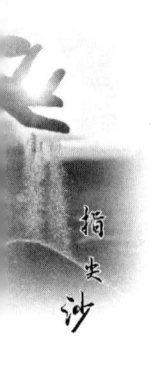

消　息

马蹄踏空天边的云霞和流泉
踏空雪花和尘埃
轻浮和沉重
同时踏空爱和思念
为你延伸的足迹
我无法全部交给诗歌

就像现在
我看到万马奔腾
你不会知道淌血的心
在鞭打，刺疼肉身，都给你
我一无所有
除了黑夜供我躲避

那细数归期的日子
手指干枯
重新划出了伤痕

磐 石

雨水连枯枝,翅膀连烟霞
沉埋的土连腐烂的骨,呼喊
把最痛苦的喉咙堵塞
开放的花朵和我在相互仰视

这些风雨,在欲望不可抵达的深渊
在褶皱中回响,敲碎须发腾空
清醒的一生,积淀湖水的眼睛会澄清
会鄙视腐朽的苇草所遮盖住的羞涩

我与你诀别,回到语言的母腹
手写体落地,遗憾
曾经我就不会这样亲吻你的唇齿
风雨使沉寂十多年的石头侧耳聆听

落　白

窗外的柳絮如我描眉，落下头发，胡须，尘埃
落下白色马匹
我与莲花说离别，一日足矣
把倒影全部捡起来，像捡起风中落下的
各种野果
被水推搡着呈现给大地
挥动手中鞭子，发出颤音
鸟雀并没有被惊吓住
哪里有我的心跳
像这些不被触及的白色微小粉末，我凝视依旧

飞 鸟

孤独的草木在飞鸟的身体里存活
以水藏匿的形状存活并且飞翔
在后世的风雨中骄傲
她骄傲而飞翔
像一颗终止轨迹的星
终止睡梦惊醒,投影于属于她的天空
像野马漫步,她飞翔
任性而自由,单薄得让人怜爱
任性使她停在枯枝上面
停止说生死之外的世界
她没有语言和我展开对话
她的一生已经拉开弧线
她能够以悲凉的鸣叫说出她的忧伤
她瘦弱得近乎无形
蜷曲着颤抖的身体
逐渐消逝在某处的树林
逐渐她遗忘,正如我经历遗忘
她甚至可以忽略遗忘,像我离开
深爱着的土地,彼此

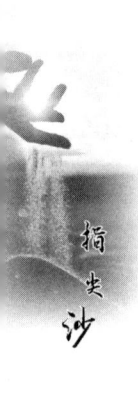

抵抗的融合，像草籽般埋下
一场旷世之爱
因为微雨般的冲刷
流泉汇集终朝大海奔去
七尺身躯成为腐朽的尘土
仰望飞鸟，我无数次挣脱牢笼
却总是以怀念抵抗遗忘

腹　地

腹地，除雨水之外的树
阳光自柔弱的草茎开始复苏
血管与马蹄连接起的故乡
暂无停顿

我酣眠于群山间的沃土
伸展枝桠般的手掌叩问苍天
惊雷的呐喊在助威
远行的足迹被荒草覆盖

我借一寸肌肤的白色
盛满月光的酒盏
还是垂怜你胸前的麦田
昨夜的蛙声隐藏行踪

焚香抚琴，经每条归来的泥路
肌肉和骨头缝合

身体之外，我没有喂养多余的爱情

谁借风给我传音
抛诸这荒山野岭
让我心痛,你呼天抢地的哭声里
一群无辜的雀鸟正叽叽喳喳地忙着觅食

雪　峰

轻触梦的衣襟，大片白裸露
耸立的雪峰有太阳留下的黑斑。胸前
无数河流纵横，有绿叶，手指
抚摸透明波纹，山谷，原野，满心欢喜
草色青青涨疼思念。在两地交汇流出
我窥探到鸟儿在视线里跳跃着，热浪里
轻声地吹起散落的头发与梦的柳絮
世界在此刻安静

一朵花蕊此时开放，散发芬芳
倒立山峰的水映着彼此
在这落日的余晖中，清新脱俗
这雪峰我已经多年没有临近，像现在
站在她的跟前屏住呼吸
明眸
托举着蓝色的透视
如此长的分离，她越来越近地出现在面前

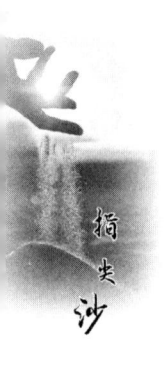

情 绪

从清晨递过来瓷器的小茶杯里滋生
比如叶脉复式的开放,天空低垂流光之影
触及唇喉,鸟的鸣叫能够唤醒世界

尘埃和雨水,花瓣开始掉落。我还没准备食物或者透过窗户
那些爱带着秘密

床的另一边。只有这夜点燃寂寞的烛光
像一支笔深入暗黑的梦

分割的水天有各种颜色,挤满平行而安静
圣洁和邪恶的妖精,把红色给蝴蝶,给我爱过的这草地
我看不到这些梦

游离状态的抛弃,枯枝败叶也承接阳光
褶皱把衣衫破烂不堪地织补起来
更像一段苍老

情绪被谁挤压,像烈焰般,沸腾在内壁
愤怒的火,眼睛里浮现

独　饮

醉八百里风月
宿夜的美酒，挑黎明的灯
马蹄踏碎的雪起舞时
你在哪里

取出青色的器皿
火焰与血液融入的肉身
每滴晶莹流溢的眼眸
如沐晨光中的花朵
心若此景，爱若此刻

驻足，仰视着
雪峰一座一座，冷暖
寂寞着诗意
取回这双手，来回地抚慰
为你温杯酒，此去经年
花开是你，花落时亦是你

南 山

褪尽我冬日残照给树
温暖不能抵达此间
我以落叶的忧伤划过你的身边
以弧线擦拭一枚清泉
给我柔情的溪水草色
给我唤醒梦寐的彩色的骏马
悠闲而自在
南山飘下我期盼的白雪
还望不到你归期的时针
我匍匐像一片落叶
你的模样幻化成溪水草色
向你奔去，骑着梦中的彩色的骏马
越过南山的路
铺满大片破碎的心与爱

替 代

肉身被换。剪刀横向过长的枝叶
某些处于边缘的根
悄然被掩埋

可以被遗忘
像幽径蹿出的几只鸟。它能否托付
所有爱的心事
只做遥望的梦可好

她可在中秋柳梢上端坐
明月照沟渠
笛声,重复的曲谱多么沉重

夜色苍茫,芦苇不再摇曳
她的意难平。我猜想,若是我
被谁替代
她会爱谁,与谁相伴

诗　萱

我依然爱着那些河流
植被，像爱我的女儿
她像我放出去的风筝
我以为线还在手中
转身抚摸空空如也
我依然爱着我的女儿
像爱着我身旁的河流
茂密的植被
我的目光停留在哪里
好像停留在女儿那里

灯　盏

黑色的骑士掠过闪电
马撕裂雨水
我潮湿的火焰
像狂风摇曳的枝桠
这些虚空是存在，是巨大
是影，在树冠之下，根须绵长
与之相伴的
是我身体触摸的这种影子
是流淌的光还不能照透
是她也会极速地离去
高高举起生锈、褪色的手
依然给我眼睛，给我滚烫的胴体
给我分辨纤毫之细
给我微小透明昆虫翅膀的
灯，她曾经以爱代替沟通
和我缠绵悱恻地度过每个昼夜

第三辑　中年的思索

低　语

阳光试着穿过窗帘缝隙抚摸细微的东西
安静的低语划破尘埃的悬浮
空间被堆满
头发，树桠伸展
彼此恐惧的身体低语而拥抱着
像沉默之后的嘴唇开启一张花型的洞穴
镜像里黑色乌鸦停泊在水岸边不再发出声响

这种低语低过水流声
这种表达在十年之前已然说完话
这种枯竭而死的树不过是代替谁在遥望着谁
此时低语，无言
看花开落，看路延伸
回眸的眼睛藏有盐水的结晶

让我尝试在安静的冥思中交汇火焰
让我在一杯茶水里沉淀一生的杂质
与谁低语
谁在低语，用自然的梦境待我折叠一只纸鹤
相互交流，穿透这些锈迹斑斑的岁月

雨　后

无数雨水举起昨夜残花
衣衫尽,青丝细
辨别的颜色交替,植物低头
弧线和美感遗落每一眼遥望
枝桠继续枯荣阳光躲藏露珠
整个靠近满园春天的流水不腐
满目柔光,温柔以待的爱情
在残花的影子里收拾风走过的痕迹
雨水带走的尘埃浮现高楼的侧影
和梦一起逐渐增加,逐渐清晰
逐渐移植大批的影子在我身体里生长
逐渐忘却思念的痛苦,和一株植物比谁更柔弱
和苍天比宽容和接纳
和其他可以舍得称谓的女子比美貌,等秋天收割
　　像一场干净的雨水冲刷掉记忆的苍白和悔恨,回归初心和真实的模样
　　我无比怀念地感谢苦难的深重,被我怀念的植物,雨水举起的残花,重回枝头

皓　月

我唇齿吐露的每颗星都有的光亮
照着划开的归路，人没有走远
按住花朵高歌猛进的步伐
在我的楼顶静躺着，做梦
凉透骨头的站立。她带给我虚拟之爱
给诵出的词牌润色
抵达阴暗偏离的黑夜
她以无尽想象而痛苦终身
在树枝垂悬吊钩，铺上青石路
又如同缄默，该怎么去诉说的恋情
这摄魂的差使交给飞虫
皓月，无心理会这些琐碎的事
草丛独自潜藏并收容无家之客
我依然可以借助水影窥视远方
看楼层和树芽之间留下的圆形
无风，梦安静地作一次迁移
我孤独的时候和秋天
收割内心的麦田

印　象

时光抵近半寸，向日葵把头颅转向太阳
夜与昼的模式开启，流水清洗耳朵
保留着沉重的肉体
层层轻剥开，飞出卑微的魂
如血液的色彩。我暂时以爱之名栖身
各种花型，秀发
我的眼眸溢出深情的泪给谁
给凡·高的印象派大师挥舞手中的枝桠
梦境重燃异国的天空
被贫穷所困扰，思想者在疼痛
星辰坠落在浩瀚的大海
大地一片荒芜。无数衰草顶着累死的流萤生长
刹那间，狂躁症的风雨给它突然的袭击
使马匹回归长声嘶鸣
交给这宇宙，交给沉沉的夜
记忆反复揉碎躯壳
它们找到的路，整齐地排列
像我时至今日还没重叠的影子
明月给我何种透视

又以怎样的沉睡姿势留给余生
像无拘无束的颗颗饱满的种子
微风，细雨，随处的芳香
总有一些迷途的始终寻找的蜂蝶
采摘爱的味道

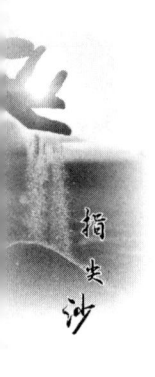

水　杯

杯子空出的那部分
选择水和叶芽
她柔软娇小
色泽苍翠
她满足我的好奇，允许我捧起
透明的
没有杂质浮动的清澈
她触碰我的唇
却不对我说出一个字
像我们相互咀嚼
青草，阳光，石头
及花朵

容　器

其　一

湖泊是天空的容器
森林是河流的容器
男人和女人互为容器
眼中的事物是季节的容器
山水相融，音乐相通，桥相见
符号相交，路相编织，盛满思想的容器
流出来，碰撞并发光
这光装在宇宙，变成夜与昼的容器

其　二

或天空或森林或草原出现
装进湖泊倒入她的镜子里
一些赞美之词为爱活着
装进雪山，峡谷，岛屿
湖泊永不疲惫地收容
无声地绵延

夜与昼反复交替像声声鸟鸣
她不在容器里出现
她以破碎之心不时溢出光影

丁 香

褪尽冬的凛冽,我抵达温暖的夜
月色如花
如你寸步之间的回眸

我尝试涤荡悠悠岁月
你爬上每片叶脉
白雪般的覆盖,晶莹亦如你

我如此望,花朵稀碎地飘落
守护你满山坡的脚印
我能够凝视远方的摇曳

我等待晨光的日子好长
我面对黑暗,寂寞地饮下这杯酒
喧闹不是我的,语言如此苍白

七十二个时辰我被困在黑暗中
湖泊没有可渡的船
我的红娘遗失了一根红绳,我等待落花满地

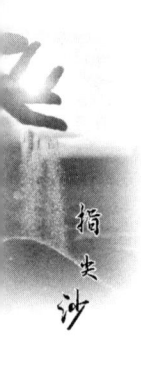

想　起

风能翻动树叶，我呼出的风
只能翻动唇和舌头，或纸张
用手指翻动它们就像
翻动水草，我不能带动
一条河流沉埋的江山，不用
去翻动，也没必要
就等鸟儿每天的歌唱
在每条绿色的枝桠上跳跃着
就等雨水滋润大地
梳洗着杂乱的头发，等待
火焰，我在阳台上孤候
像牛奶泻地的阳光抚摸
我疲惫的身体。我仿佛听到
爱，我能够翻动抽屉，翻动旧的
影集，也许我能翻一下，能想起
是你，这样也很好

芙　蓉

取雪山揉碎满眼碧水，取月光
安慰这座城市，我寻找杨柳的岸边
弹响怀里的琵琶
水的芙蓉，或者是木芙蓉
姑娘美丽的打扮，浮现
恋爱的味道
被守望的日子里，泪水挤满灯影
隔开口罩温暖的颜色
拒绝春天的拥抱，无法去亲吻
惊飞的鸟，朝锦江的云朵攀爬
我把爱安放在水的一边
取出火焰似的热情
我要守候这风景，要轻抚她的身体
芙蓉如她，娇小如她
彼此之间深深依恋
我取体内的一根骨头，重塑她
在岷江的水中打捞影子，驻足望江楼

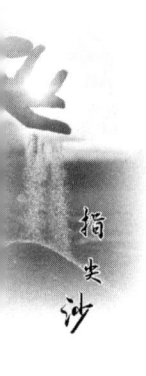

朝 霞

行走的绥山。爱，脚步的交错
伴随着你。温暖地倾斜
穿枝拂叶的光，落下稀疏的投影
清新的吻，抚慰每寸肌肤
我孤候，苍老的叶片，刺疼手掌
为爱，这梦流淌的雨水
将苍白的枯黄，布满苔藓紧抱的石梯

我冲动地摊开画笔，见字如面的构想
插上鸟类的翅膀，虚空的夜晚
雪崩一样在坠落。我的诗歌
无法去描摹。你清澈如水的凝视
爱，梦的伤痛，结出相思的果实
如我遥望，这满枝桠摇曳的风的低语

人性的花朵开在苦难的土壤，苍宇辽阔
用烟火点燃余生的柴火
透明的凝视，没有一点时空遗漏
我，浊酒一杯，敬给美丽的女子

前世一般的朝霞，流过绥山的天
斑斓蓝色湖泊，影的形状
留下思念和记忆。梦，与谁交融

映射，像这漫天霞光。怀抱她的鲜花
瓶，盛满枝桠。许多的梦
交给我继续温暖。继续守望
望无边的天涯。可等待，没有消息
倦怠谁，多害怕夜晚的来临
星光被黑夜掩埋，我多恐惧无声的叹息
嘴唇缄默，苦闷的表达
雨水在反复，寂寞无语，流淌秋后的霜降

温暖，我借以安眠于夜的怀抱
她，可丈量绥山的道路
替我天冷时为她添衣，我孤独地遥望
我的朝霞与清水流向何方

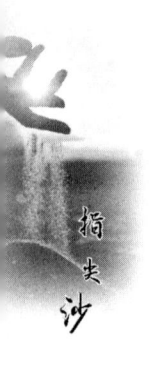

取 代

长安雪取代蜀国风
北边的狼烟只剩下一点星光
我松下问过的童子已成大人
由一座城市接替酒色茶叶

我问阡陌的农田,问古木参天的森林
千年的石头打磨
女人慵懒地抬头
从涉世未深,到对着烟火日渐消瘦

雨水滋润干涸的大地
人影如豆,种植水泥的高楼上
空气变得混浊
久违的阳光重新开辟天地

我沉默地接受,强忍着泪水
用一杯浊酒取代绿茶
借一捧月光清洗脸上的血污
我靠在岁月的河床之上
被夜色重新安放

光　阴

河床枯瘦如你
花低过水腰拦截
灌木挽留时间
我把脚步交出来

向天借些云朵
听大地安静地和谁说说话
像落叶般安静
去思念流水慢慢如光阴

我可能泄露人间情话
春秋最易老
爱在唇齿感知之间被塞满

像我的茶杯溢出的香
同植物打捞过一场
我冷眼看着月亮起落

我像一只瘦雀鸟

失眠的雀鸟被摁在一截枯枝上
沙堤下,植物被宠幸
流水,听风声,在手挽手的桥洞间穿行
孤烟点缀一座山
失语的湖落入虚空
看到船游他处
无法左右的双脚朝向远方
湿润的泥土寻花问柳
在挨挨挤挤的热闹里
盛满,我饥渴难耐的酒杯
像一只瘦雀鸟
面对诱惑,翅膀振动阳光的眼
和身体的余温
渗透我多年面对孤寂的泥潭

土墙垛

看饱满的草籽经一滴露珠悬垂下满腹心事
墙垛之间的绿色,熬着冬日彻骨的风声
像我蓬头垢面落下的须发
递给整个水面,一尾鱼说出深藏的秘密

语言尽量不吐出来花朵
我在每间孤独的屋子里遥望着风景
枯枝继续延伸到空中
候鸟还在远方倦怠地舒展翅膀

比如,一些墙垛适合生长
适合安放这多余的诗歌
我的嘴唇因干涩不能诉说
泥土潮湿的孕育,如同爱人的眼眸

厚重的感慨,为一轮明月反复游走他乡
我在北方雕刻生了锈的身体
在八百里加急的驿道上寻找失落的马匹
若你无声而至,我如土墙垛之身分崩瓦解

野菊花

我的河流托着菊花流淌
另一条河流空荡荡地还原秋风
没有什么忧伤可以阻止我的身体
当我看到一丛接着一丛的野菊花重又开放
我童年的影像在孩子们的身体里跳跃
那些叫菊花、桃花、樱花或者其他花的姑娘
我尝试着唤出她们的名字
在枝桠上我看到故乡被春天包围
像野菊花,发现她的存在对于生活的意义

春　天

此时飘过窗前的云朵再也没穿鱼鳞
眼里住着一条河,不敢摇曳
不想杂沓的脚步声如破碎的风声
她的衣裙是初春的花朵,想象中的春天
没有口罩隔绝

没有回村后的溪水,等沉默回声
没有一场雨水落下,等候椅子孤独,空出来房间

剩下故国千千万万水泥组合而成的一堆积木
我在女儿的梦里
眼里住着一条河的人们
落到樱花树下停留,多想这风再吹一阵

流淌的雪

没分界的雪用她狂野的方式飘落
没标注道德和伦理，虚构用晶莹的白堆积
她裸露弧线的过程——呈现，留给深爱的人
焦虑的瞬间得到宽慰
冷源自等你的不确定性和贫穷带来的孤独
恰如一匹脱缰的马在奔跑，我无限扩大。触碰的雪，无私想象的身体
抗拒疼痛燃起的火焰，我依然坚持
它隐忍地离去

我真的不会写诗

我只是甩了甩带泥巴的手
诗歌便落在词语的岸边
它们摇晃着黑色的头发
奔跑，游戏，活了过来

如陶瓷般清脆
像鲜花一样盛开
你看她的眼睛像诗
你看她的耳朵像诗

她的乳房，她的胸脯
她的森林，她的河流
这虚幻的梦境
美妙得真像诗歌一样

女儿诗萱

你的湖泊清澈,纯洁
低诉鲜花白色的芳香
我如何窥视你无言的举动呢
你娇小如一朵花的盛开
生命蓄满能量
色彩在阳光里展示弧线
多像我的心为你此刻描摹的形状
我那小小的爱落在你的额头
看那光阴从此安静
抵达一滴水的深层中
诗萱,透明如你,我却说不出深爱

长安雪

长安雪的眼揽住麻雀跳动的树枝
马的嘶鸣抖落骨头缝隙之间的风声
繁花落败的时节驻足,选择短暂地失忆
和古典音乐家说情爱,木桥挑起一弯新月
隐隐作痛
我遇到一池躁动的蛙
蹲守时光,旧影和城墙的泥结合

火焰缠绕的云絮
因芦苇野性的呼唤而错乱
手中的箭,空气被击中
遗落草原的珍珠
是爱人走散后踩坏的草鞋
万千脚印淹没河床的身体,像故乡
越来越远去的姓名
雪落长安
眼睛镶嵌天空的蓝色
麻雀跳动的时间
有大片的雪沉默

空

空，是天对大地、是人对于自然的礼赞
空出的自己，在虚无中感知风和雾的存在
像古人的纸鸢
人类空出许多同类名词，放过忧伤
豪放的城市也很空，只有婉约的眼泪
空出繁花铺满的街道，人间才多出些诗意
其实我觉得几株枯死的树依然值得怀念
空是该有参照物的。空，等待盛满
还应该有远山和鸟鸣
树木和天空在较劲
在魔幻的色彩里堆积空，在树叶和花朵间交换彼此的身体
他们都有植物的坚韧和热情
天上的日月空出轮廓。希望的种子埋在春天
争论之后最好空出几许稀疏不成样的树林
再空出几片残缺的青砖和断瓦
梦想还在远方，想象大漠的流沙和达达的马蹄声
我不知道如何空出房间，盛满被放逐的秋天，以及被粮
食拖累的生活

深夜听雨

攀爬过枝条的虫子落下来
高楼里的灯光保持某种联系
如果梦正虚构一场春雨
引发雷声的闪电正躲藏在一个地方
人间多过一半的窗口将熄灭光影的幕布
在安静里发出鼾声
只有醒了的人面对这寂寞用耳聆听
将深爱或痛恨交给雨水
和玻璃的根须
深夜的城市和故乡的村庄有一种重叠
我跌撞前行的脚步声响起,从远方走向属于你的春天
穿过石头的缝隙握住青草时
我想我可以说说这诗歌
宣纸,以及梅花的泪
我可以试着问候落地的一条虫子
看它越过所有的雪崩之后是否还无恙

走过麦田

雨敲打饱满的麦穗
像绿色,延续着生命
嘴唇张开啜饮植物揉碎的汁液
期许的完美忽隐忽现

春日苍穹下,走过麦地
给季节,洗涤一种韧性
像无数枯萎的麦秆,倔强而孤寂
在苍茫的烟云下复活,将卑微的等待
给予整块孕育希望的麦田

在我策马扬鞭的地方留意这些怀念
像我朴实的情感,无论走到华夏的哪一条田埂
我都会如鸟俯身亲吻麦穗

黄　昏

呼吸被白色的浪撞上悬崖，星光再次被揉碎
躺在安静的马上
我发现她颤抖的身体
从灌木中走过
月光把散落的霜花和植物的叶脉聚集
因为思念和家人们共同守候过的炉火
这些清冷的光，我已不在意
当无数的影子开始苏醒
我的头发，像摇曳的水草，泛出银灰色的光

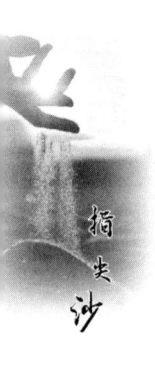

烤　火

围炉造一场雪，把生锈的铁交给寒冷的枝桠
再生暖意，像去年的那场远行
拖曳船的波浪浮现，春色依旧，粉面
还如那昨日桃花
如我寂寂里打马走过咸阳街道
城墙上还有细细的白色将歌舞的王旗舒展
凝视之间，阿房宫有递过来的火把，将中原
缩小为长安，她的衣袖
扑腾飞逝的雪，像流动的弧线
她低眉对我说一声晚安，恰似我的眼眸
悄悄地
拂过她的长发

饮　酒

暮雪没来，我在蓬安和司马相如讨论辞赋
尚早。文君
应是凤凰之中的翘楚，远胜过一曲歌舞的长袖
驾驭的马车无处停靠
街巷人山人海，像无数的气浪拍来
我捻断胡须改变不了苦吟的汉字
静静地学习倾听。春天埋下的那坛酒
还在寒舍
如果今生有幸，我等窗外
落雪
也一起等你

说　雪

从西京古道飘下的雪来了，一匹马拖着众多的雪
喊着酒壶炉里燃烧的那截火炭

雪奋不顾身地飘。洗净她黑白的脸，脏乱的衣服
她孤独地在冰河上站着
接受白色天空雪花的洗礼

白色的雪事，和着胡须同粗犷歌声的碎唾液
从唐朝石头缝隙钻出来的褶皱
我发现苔藓的根须，如水的样子

所有的等待在一场雪里放慢脚步
她靠近雪的身体，伸展着双手。白雪
堆积如山，我看见更多马匹拖着雪越来越远的背影

子 建

子建之才天下独得八斗此言不虚。煮酒
我走了七步敲出豆萁两字
键盘敲出曹子建三个字捻断好几根胡须
有一匹白马修饰得也如同子建,善哉
毅然取出随身的佩剑,愿斩三千青丝
日居月诸
无法饮尽杯中的烈酒

佛　印

刹那醍醐，屋檐不滴雨，花朵绽放嘴唇
晨钟暮鼓回应木鱼的撞击，香回应寺庙
菩萨稳坐云端不侧耳聆听尘世的叨扰
阳光静静地洒落。轻抚人间的寂寞。把花期
的摇曳送入佛经
偶尔闻听，鸟鸣在树丛中出现，泉水在未知的地方已
涌出
植物在延伸。像胡须和火焰一直缠绕

取 景

我接近马匹，白雪，花
以及枝桠，用无声活捉它们
我分离，揉碎，组合
投入湖泊的石头，采回天空的云朵
它们身影安静，独立而完整

多年以后那些山不再是山
多年以后那些水不再是水
这种遗憾多年后一直还在
我寻找流动中溢出的美
一次次被春天逼成内伤

寒 夜

对月而眠，清笛和爱人在远方
辗转在深夜的怀抱
眼在竹影下，感受着风
凉透所有心事
一直揣着空空的香囊
心事悄然隐现在浅浅的泪水里
每一寸思念都展示着语言的寂寞
锁在厢房之中，枯瘦
剩下月光能够触摸。你可曾看见
一枚秋心，如此通透
借纤纤玉手润色清冷的诗歌
于追忆流年的火光中，温暖你
把酒痴问你，还是那一抹淡淡的菊花
对月而眠
被一篇接一篇的艳词上的墨挥洒着
永无消停，却难以澎湃

红　杏

日边的红杏，挤满了取暖的古道
翠绿，在落香的江楼相倚
替梳妆的新娘裁出
一支眉笔，勾勒
斜在心岸之上的春天
我的眼眸宛若收敛了你翩跹的背影

以匍匐的姿态融入泥土
我的灵魂化作种子
你火焰般的怨恨，滋长
我彻骨的疼痛，深深隐忍
为了繁衍爱的雏形

那踩碎寒秋的篝火将徙居月的怀抱
我也在你身躯不再摇晃颤抖的刹那
将昏暗的油灯
拨动，万籁的清音抚慰你我，透明地凝视

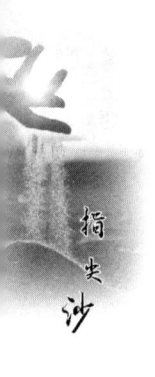

看　海

穿枝拂叶的风，在一尾鱼的翅膀下摇曳
阳光在我的怀抱，躁动着红色的血脉
倾城，所有的花和影，挣扎，弥漫
开始浸淫我的脚步，跟随浪
在这辽阔如海的梦底，跌跌撞撞
遥望，在我如春的画卷里
竟然也泛出惆怅的泪水
（有点点滴滴的绿洲延伸
有一湾彩虹沉醉的心岸）
哦，亲爱的，恰似你我，安静地化作那片蔚蓝

琥　珀

如果呼吸能够静思
从肌肤的缝隙出发
芳香总可以寻根，镜面也会折射
开启春天的唇齿，落于枝桠之间
花感受疼痛，撕裂
雨水悄然侵袭干涸的土地
河堤浅草绵延，弯月的眼睛
比夜里更纯净——
繁星和湖泊爱得沉醉，静止的倒影悬挂
秋去冬来
我爱的你不懂，你说的，我
也藏在细微的波浪中，没有记忆
我将继续寻找，或者遗忘
然而，我知道的
她在黑暗的地方一定待了好多年

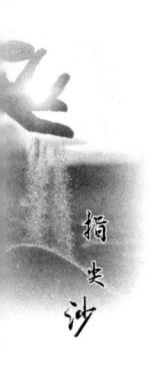

没有月亮的母亲河

小河淌水,温暖得犹如母亲的手臂
在月下思念,也在温暖地流淌
这是岁月中的一根脐带
血液,营养,欢喜,伤悲
总是会缠绕住怀抱
苍白的梦,疼痛的眼。没有季节更改
河水在涨落,皱纹在向岁月妥协

母亲的泪滴落在我的手中
枯瘦的臂弯无力地垂下
我找不到长生的灵药
在万物轮回中抵达秋天的悲鸣
阳光毫不顾及死在泥土下的魂灵
没有月光,莲花依然在开放

好长时间的期待。河水也在起落
我倦怠了母亲的河,也在望那夜的月亮
它们消逝的地方,我独自站在原地
会再次清醒,会再次凌空

苔　藓

苔藓迎接光。苔藓拈花惹草感受到前所未有的舒适
并非满足水分，绿意，笑容
残缺的树桠还在
我挥手告别旧时斑驳的梦
有积雪，有鸟鸣，游走在脚印清晰的古道
视线所及是冬日干燥的寒冷
苔藓作为篝火可以燃烧的一粒种子
像花朵完成本身盛开枯荣的始终
苔藓交付了自己的身
苔藓终结了自己的命
像我忘记所有的感官
只是风，还在反复敲打招魂的纸幡

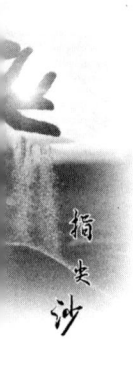

喊 雪

时针挣扎着脱落一身黑羽
漫山白雪浅笑,如你的窃窃私语
我还蹒跚着等待秋幕拉开
数那遍地的支离和破碎

无言的你在雕饰粉色的春天
画笔搁置,火焰在澎湃
我岂敢安眠于潮湿的泥地或低声哭泣
月色还在芦苇拔高的暗影中

我将以何种身份诉说与你的爱恋
点点秋雨,寂寞的寒夜
灯笼,在长安街叩响了马蹄
欲望的潮水潜行,我如雪崩般散落

乌　雀

望深渊而独倚危倒的枯枝使寒霜尽染唇齿间
渭水北向，沉旧城在风中呜咽
我能看见那乌雀和在水域中落下云层的点滴雨水
肉身沉默在树丛的缝隙，阳光穿透裸体的眼眸
我见茫茫原野安睡的无数星光坠落
她们瞬间枕着梦如此深沉又面对着寂寞

可乌雀，能够理解万物枯萎的重生。如我暗黑
的心涧
听这夜色，夜正浓
可是乌雀他们又安憩在他乡么？
我与乌雀面对
那庙堂之外的龙凤阻挡了谁的世界？
始于死亡之前我见乌雀在山中鸣叫
她在清澈如你的溪水里流走我的记忆

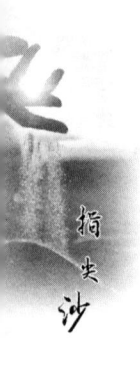

安静地站在原野上

被风收割的原野,如水漫过我头顶的发
有鸟雀在跳跃,像野蛮生长的枝桠以及藤蔓
我更清楚马,她需要一种力展示出美感
借以,裸露出奔跑的姿势留给阳光

我萃取鲜花的芳香,和她亲吻的样子可以被打捞
像我迷恋的卦语永世不忘
一个名字在春水里来回地沉浮
像梦,缩小天地的寂寞
如此便如你所愿我站成秋的骨头

请持续相信黑夜有传说里情侣的童话故事
趁星月的光辉散播各色种子
像我们彼此温存的眸光,清醒中溢出
那感动的泪滴
苍茫的天涯带上行装
带着我的肉体,骨头,无数白雪飞舞的诗
像百泉归湖泊,热血使红的花变得更美

像我手指扁舟远山,经密林和险滩
在时空交错中推开门
推无数虚掩的洞
路随脚步
踏向地下那些不知道名字的祖先和草茎

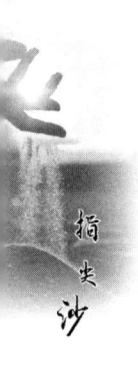

问道青城山

访隐者,我同雨问道青城
竹笛要吹,水要用勺子捞起来
翠色的梦多浓,一摇就半生
探都江堰的河又多一条
只是一个转身
便要把我千年的相思耗尽

这树木,这些鸟雀和山峰都在
我用雨包容的人间
就以浅薄的诗歌和阳光聚集
丛林,流泉,站立着
我不能只在我的世界独自守望

在此山中,我没有张真人的长生秘方
太远了,太远,无从提起
让归于人海的花朵,便做这酒的仙人
问道而不语,或者
又多出几点新绿

拜水都江堰

树会翻滚，会连接云卷起的浪涛
安澜的锁桥，此时会随风吹开故乡的花朵
庙宇和婚姻约定今生，会同流水的鸣唱
雨水的滋养，会留恋丛生的树木

辽阔的三江，化骏马腾空云彩
成都的西北，有牧人圈养的羊群
历万年风雨，归人再来拜访
会战国烤鱼的暮色饮酒，再见水工的模样

余霞成绮，会装点西岭雪山的皑皑积雪
积水成江，会倒映这布满褶皱的群峰
我向石板叩问时，脚步疾行如闪电
天下百姓，谁三过家门而不入

拜云天之外的水，振聋发聩地灌溉一望无际的平原
垂首站立，祭拜等待春耕的土地
回馈肠胃，我引发植物万千新绿
她柔情似水，于无数奔向的梦里回响

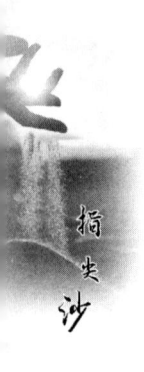

旧时光

山水逐渐苍老，旧时水流不断冲刷出褶皱
芦花腾空起舞时，大地把分离的阵痛留给了村庄
雨不断汇集每座房顶的瓦片
指手用油灯燃烧旧的院落开春日的花
数不清的雨在地上弹跳坠下，像爱人的琴声从窗前飘过
年轻的万物给了世间梦幻
需存酒，需填新词，需歌唱，给旧的时光一颗种子
然后静待她种植希望
我要逐渐苍老等我的孩子慢慢挥手的时光
我要等发芽的春，等鸟鸣在山涧
木船的横渡，跟随行者的脚步
跟随着两岸，青山，月亮
我做远方的梦。你做故乡青枝上的果实和匍匐于草丛的甘泉
你在旧去的时光读书
你在新发掘的泥土里放飞植物的叶脉

清　茶

森林种在杯中，我以叶芽的视角凝视河流经过春天
看眼眸有花朵水滴，阳光聚集根须
身体发福。十年前耕耘，十年后独坐
我在成都重新圈地而居，写诗、歌唱和跳舞

玫瑰的足迹在雨里摇曳，树叶正孕育季节的绿
它们有足够的脊梁，支撑我的身体
我不敢豪饮三千，怕水中漂浮的花瓣如雪飘下

我的思绪多如种子，泥土并不能埋藏新奇的生命
总能找到通往故乡的道路
谷雨举行一场告别仪式。我依然为碧水
在清洗肠胃

像我的爱，在中年遇见嘉陵江
一条木船不再游走。叶片代替我的光
覆盖大地
丝绸般柔软。我咀嚼一枚日月在成都平原的天空之下
手执茶杯溢满余生

酒　赋

酒，要与清泉说说。或是，跟高粱谈谈
足够，比果木
我要饮尽江山，赋予人间

可穿古装，可听焰火，可打开这光芒
万物激动，可穿透云雾中的高山
看每条河流，看流动的眼泪回到身体
看奔腾的马匹停下来

醉可纵舞，悲可恸哭，乐可放歌
酒浇灌出人间的光明，细数尘世
我曾这样一醉不起。酒是我此刻的兄弟
披头散发，不去怀思，一言不发
我饮三杯在大地用树枝作画

岷　江

想起岷江，五月的红叶藏有
相思的颜色
燃烧的火焰
奔赴远方，积雪消融的山峰
经流水送走
我眼里深爱恋人的身影
看泅渡船长的绳索微微震颤
中年独酌，取果酿琼浆
成为远方的呼唤，走近泥土
酒坛的深埋，
像我的沉默和枯树坚持
挺立时的模样
逐渐还原
眼泪里模糊雪域的天空
谈起岷江跌落水里的人们
像我捡拾一枚月亮独自打捞
尘世爱情的缠绵分离
像我在无名的地方修改昨日的称呼

第四辑　如歌的行板

何时归

　　翠痛的眼睛不见大漠落下雁阵，苍茫的霞光被白雪掩埋于大地
　　看人间阡陌纵横，我用植物带来衰老之后的遥望
　　我哀悼于天地
　　无法听清归路的声声呼唤

　　残茶不品，我已谪居尘世久矣
　　中年的伤痛刺向我无声的饮泣。望长安
　　黑发一夜霜染
　　焚稿，我以肝胆铺就离歌
　　碰杯酒，月色以整条江洗涤我的身体
　　分毫毕现，我的爱情凋零如花朵
　　如黑色的马匹一往无前

　　这人生。我以孤候的梦遥望，南归的也只有那鸿雁
　　枯枝收拢绿色，安眠着昼夜交替季节变换的各种希望

　　沙堤杨柳，问锋芒为谁落尘于刀剑阵中
　　为清风作诗需将寒雪纳入这画卷

捐失沙

需在浊酒的影子里收起凝脂，在万里的江山中撑伞
以纤细落花，借折扇念一念那婉约之词
需琴瑟之音支撑半生的荣光

我怕有人说出乡音，笑问归路。心微惊，心在秋的下面
念作愁
为梦织一床棉絮，可好？

在人间。别把站在高处的身影作为嘴中
辨别贵贱的标准
我以破烂的诗换三两枚羞涩的铜钱
有她的影，她的泪
她羞于启齿的话

何时归故里？姑娘，我将用我苍白的诗歌爱你
在这无限的人间，我记不起一个爱的字眼
我派瘦弱的梦代替我去远方，重新构思独一无二的画卷
我雕刻生锈的灵感，也雕刻自己

酌清茶

蛇行草莽，小径宛若易倾斜的刀锋
纤瘦，隐居。借万钧之力俯视着众生
如暗夜的繁星
明白血腥的杀戮已然显现
若不能完璧归赵，此役不可胜
收拾落叶知秋的山川，坠落于俯身向往的大地
何须多情的长袖歌舞，散落崖壁的种子
未尝没有顶天立地的伟岸
瘦若智叟，且听风吟，我与雪花抚慰尘世，不留痕迹
她擦拭我的双眼
我不愿意清空心境，以清茶暂坐人间

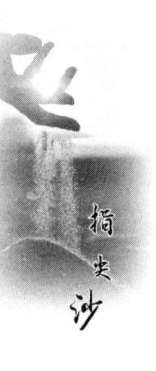

听一支夜曲

覆盖，能让大地失去些树叶
夜色阑珊，温柔的灯火明明灭灭
冰雪飘舞于古老的城市
长安像马车般飞驰
雨水饱满，穿越丛林触碰大地
我能让北国的春天一直歌唱
头发随风舞蹈
挂着灯笼的城墙越像城墙
流淌过的河水越像河水
我能触及覆盖的枝桠
能在夜曲中分辨那一根琴弦
我完全交付的肉体
犹如情人唇角露出的微笑
花朵在今夜怒放。有善良
拓展人间
语言不同的拾荒者说着感激
天空有干净的云絮
投影于同样深情的眼眸里，如同湖泊
涟漪是我的风，有安逸的抚慰

我与你同在一片蓝天
无限温柔。不用怀疑彼此许诺的话语
只有轻轻地覆盖，拥抱
喘息连同狂热的心跳
在此时，夜色覆盖雨水低沉
低沉如你。你和我久久对视
世界为之安静
我像一支夜曲游荡于爱你的岸边
等待你靠近的唇瓣
等待着，你低下高贵的头颅，像我吻你一样吻我

流浪与梦想同在

我能够决定的马匹
决定带上干粮,竹筒装满水
我在干净却朴实的衣服中挑选出几件
这样奔赴远方
像我跪别君王赏赐几箱书稿
狼毫的笔像林中成长的树木
我挥洒婉约的辞藻
说清照或者说柳三变

我确乎写得干涩
瘦瘦的胡子飘忽东西
故土的沉埋中
多少名字最终的归宿
茫茫如同草海
我借春秋横渡我的孩子们
在雨雪的夜晚等待
我守望爱的花朵和密语

石碑上谁刻着今生的姓名

匍匐的种子深藏在低矮的土墙上
秋风用齿轮收拾的大地
每一寸都有你抚慰尘世疼痛的手
玫瑰开放的夜晚,我与孤灯对坐
与一节火车的灯辨认
茅草的摇曳处还有我的家乡
在古老的木箱里留着孩提的衣衫

我从跪地的泉眼取出甘泉
杨柳,她低身亲吻我的嘴唇
她是黑暗投递的眼
我感触到她柔情万千的真爱
我把这疲惫不堪的身体献给诗歌
我把冬日的暖阳分割给寒冰
我惊诧于这梦的安宁
我相信人生起落不定飘浮如尘埃

这一天的雷电劈开我懦弱的无为
我将残汤剩水抛掷到深沟里
我的一双鞋织补多次还是要舍弃
过往烟云如香燃烧后的灰烬
堆积如山
泥土会重新萌发春天的新芽
雨水浇透夏日的人间
我掐指叩问九天之神

我不想提中年

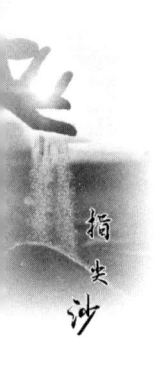

不想谈及苦痛的月色穿不透夜的笼罩
谈及流水和落花的分别
我悬挂灯笼在长安街等待白雪的覆盖
身体献给血液由沸腾转冷的时刻
抛弃冬日最后一道伤口
抛弃我不忍心凝视的你的灵魂

堕落成烟花易冷时小船上的酒水
落成遍地的枯黄
反反复复挺立于风中的谁的须发
像芦苇摇曳最后的霞光
我不确定一条伤口能否割裂梦的被单
像夜蛇，在我温暖的怀抱苏醒

爱情的谎言终究会被揭穿
缴械的我放弃无谓的争执和辩论
我用一个男人的气概挺立起胸膛
我把最后的希望交给东去的河流
我在雪花落尽之后的长安
把骨头打磨得更为坚强
原谅虚伪不堪的人，远离人心险恶
以文人的情怀宽恕欲望

那些贪恋人间的灵长
不过提前耗尽了时光
谁又能活着离开这尘世
谁又有不朽的肉身

我为岸边相伴的杨柳驻足
前生的红绳错绑我的一双手
三十九岁，我定格在这秋天
所有我见过的风雨足慰我的今生

我只配拿起我的纸笔
追溯秦岭淮河的分界
分辨人类和自然的界定
在长安城里，那场白雪最终会融化
纯净的湖泊都是奢望
所有的破碎堆积成涟漪
所有的悲伤和苦痛染白一地的霜寒
所有的树都会孤独终老

几首诗歌换来的铜钱
多像远方孤零零的露珠
一大群的树木都没有感情
他们靠近却没有言语
如同城墙一次次地加厚
距离让所有的等待变得脆弱
我的黑马坠落在星空的深渊
我的月亮被梦一次次抓得支离破碎

爱情的杂草在贪欲的土壤生长
沉迷于赌博的人终将毁灭
给他万千的黄金
也能在昼夜间不见了踪迹

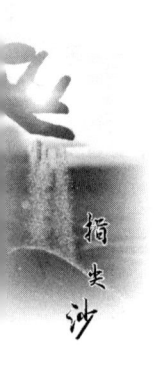

他如此堕落却依然活着
他如此贪婪却毫不知羞耻
他哪里敬畏神明的存在
哪里得知世间所有的苦痛

我爱的毒药反复地熬制
我爱上一个名叫杨柳的女子
抚慰苦难的前生
抚慰所有红尘颠倒之后留下的欢乐
让我不再沉寂不再如月亮
让我不再善良地面对豺狼
我将真心收回我奢侈的身体
我等她柔情似水的眸光
我愿做她怀里一只可爱的黑色羊羔

激动的眼泪绽放花朵的消息
真诚的梦牵挂远方的姑娘
我推开黑暗和孤独的门
我寻找所有优美的词语来加以赞美
我的苍白的等待
在冰雪消融时望我的岷江
在横水渡船时望我的芙蓉花开
我在望江楼等待读书时的诗人

每夜为她敲响的鼓槌
每一刻为她披头散发
我周游中华大地

我以雪的清晰寻找她的脚印
我带她走过之处
我听见几千年而归的呼唤
她从远古走来时
如梦如幻,和一朵莲花相似

世界被疯狂地带快所有的节奏
酒杯交换,冷雨和古风
我面对的无非是冬日
寂寞和黑夜长长煎熬着思念
我不擅长用语言寄宿
像一株古树面临着拯救
并没有鸟雀随时光顾的落寞
没有阳光下品茗细说人生

清贫的我只有一颗诗人的心
就着一杯酒,涉日月隐退的远方
我的等待像蜀道之间的石梯
匍匐蜿蜒,我丈量每一寸赤诚
我清洗不干净的肉身
我厌恶不透彻的灵魂
睡梦安详
我想开成原野上不知名的野花

不愿提及所有见过的眼泪
包括载着繁花游荡的河流
包括我站立的原野

包括我和着一把尘埃
看有人把我的名字用刀雕刻在石碑上
我学会的遗忘
最终倒在一片开满荷花的水中
酒醒，我想起与秋风的约定

我必须冲开雾霭的笼罩
牵出我的黑马跨越万千星光
我不能提及伤痛的影子
我不能还坚持心里没有我的女人
我必须看着枯黄落下的叶片
学着与一场敲醒秋的雨和解
原谅虚伪带给我的所有欺骗
原谅自己过于善良的心

流浪和梦想一起开始尝试
人间的花朵在春天开放
秋天的果实按时成熟
我不必为中年独酌而感到分外忧伤
没有配制泥坯制作的花瓶
没有种植无根的花朵在房间存活
我和春秋都有一步之遥的时空
我必须解下套在我指上的钻戒

寒霜在每一片面临凋零的叶脉
寒霜在十里千里外纷纷扬扬
我沐浴净身焚香以祷告

我安静地待在古典音乐的世界
杨柳是我今生歌颂时的欢乐
我听到世间的花朵被唤醒后的绽放
我的目光所及都有风的乐音
我尝试爱春的花朵尝试爱秋的收获

每当提起凤溪河

落日和朝霞一起,你我走过昼夜
直到我的嘴里说出凤溪河的名字
我拥抱草木投入原野
你将发现遥远的光明点燃或是如同熄灭
我们会亲吻,像雨水无声的滋养
凤栖,我与一条河流长久地对坐于云彩之上
她的脸颊红润
呼吸像树木独自颤抖
马未来
我被北方的雪淹没
我不去辨别方向与酒色调和深度
在孤独的月光里取暖
和爱,这些迷幻的东西谈着
当我的脑海浮现整条河流走向远方之日
我像鸟雀腾飞自由的翅膀

守望漫天繁花

引水渠环抱青山间的烟,骨头淬火
村庄,一盏油灯熄灭
转身落蚊帐,摇动夏夜里的躺椅
与槐树的影子丈量光阴
夜上海是远方,隔天望。想念
断肠时的荒草,鸟雀无语
提醒行动迟缓的脚,梦想有翅膀
越过山丘许下泉眼之诺,松落雪正厚
我抚摸枯叶的根
涂鸦在大地,写我的诗萱,我的阳阳
我的爱人凤溪河守望夜昼
和漫天繁花

爱天空一朵白色的雪

绥山还没醒来,朗水随脚步睁开眼
我爱天空一朵白色的雪
鲜花和鸟鸣完成人世的绽放
梦想更近的透视
用耳朵和心灵去感应喜悦
我的爱情怦然有声
狂热或温婉的雨代替语言
苍老的树枝,和我同样饱含
风霜之后的沉思
白色羊群流淌的草原
我的眼睛还原纯朴之真身
你与我相守的凤溪河
画出与我血液轨迹相似的弧线,你同样在
流淌
彼此安静
直到我们归于无声
如同漫天的云霞
你我相拥着归于沉寂,被白色擦拭一新

走过杨柳湖

举刀拍马,狂风和须发延伸到极致
杨柳湖的羊群堆积大片白
望湖水隐射的天幕时,沙棘红透脸
黄土可掩埋,枯木可聆听
与海形成的包围,移动脚下土地
暗藏泉眼,自雪山上流淌

沉淀荒原的思念,星辰的流光
遗留在杨柳湖的阡陌,以手指
掐算着人间归期,幻化长河的落日
同草船的守望,与烟雨结缘
语言湿润地渗入,短暂地滋养
岁月给我的霜白和褶皱

黑夜的马匹收回了铁掌,踏空一片雪
用杨柳湖酿造酒,饮光最后的夜与昼
那吮吸母乳的孩子梦幻灵动,饱含希望
千年农耕文明还原出草色
使郁郁葱葱的四野愈发优美,宛如仙境
置身其间的恋人,反复重叠爱的唇痕

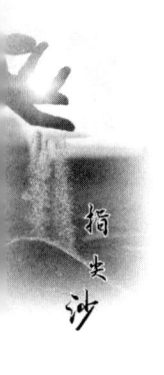

春回大地

流泉,长堤,丛林,松涛
或是满眼秋风起,爱与色彩的细语
若隐若现

似曾相识的梦开始清晰
迷茫深入到骨骼,融化的那一场雨
倒映季节的诗行

爱不曾离开。村落换上干净的妆容
使梦更为贴心。就像
她知晓的枯萎的绿色,渐渐老了
这只是一个春天的轮回
松开怀抱
等体温回升,开始流淌

香积寺

雕栏玉砌,孤月悬
香积寺有一片雪花交给湖泊
哽咽着托与流水
交给今夜
长空尽头的星辰陨落
寺外的风声撞击山门

归于长安的梦,宛若沉埋南山的火把
我的热血如烟,点燃一根燃烧的香祈祷平安
香积寺,人间,有我的依恋
白雪覆盖黄河,林丛伴随新生
我匍匐若一棵草,有泥土
滋养着身躯
我把一切完完整整地给你

西岭雪

东吴的船穿破云天最终汇入河流,像
西岭的雪晶莹洁白,万道光芒
我与鸟雀同行
山峰尽览双目,丛林安歇身体,摇曳
欢呼。靠近水声,倒映临风翻飞的衣襟
举目遥望
萧萧乔木褪去昨夜的疲惫
以雪来堆积,江山如画
辽阔如烟的水域撑起支竹篙
我辨识雪花的形状,点化万物
托付此生的柔情
我倚靠着一扇木格窗,聆听蜀道的风声
听不到马蹄绝尘而去时的回响。我望啊望
千年的西岭不老,我寄宿人间已太久

元 宵

银月树悬挂蓝鸟的羽翅
姑娘,旋转马跨身下,抛长袖
触碰不到冷暖,托付唇齿在杯盏下
燃烧的头发,逐渐浮现光的手指
用身体抵达撕开密语后的脚步
长安的大街上,雀鸟飞跃千山的暮雪
抱紧夜色沉埋车流的影子
忐忑和祈祷,交错过所有的眼眸
怀念风中的衣襟,如你绵延而歌
许多少年,能故地重游
将自己种植进土壤,如植物般沉默
溪水般收容并注入你汇聚的血液
寻觅梦的道路在远方
破解蜀道天梯,攀登,毫不退缩
做一个敢于开拓的男人
嘲笑白丁,相士,五毒的魔鬼
虚拟如乌鸦般昼夜悲鸣不已
姑娘,穷则思变,小乔木
即便刨不出雕刻的模样,火树银花

彼此的沉默,能取暖,度此生
落下岁月的痕迹。交换身体
马蹄回响在古道的前方
如元宵匍匐雪地你我如梅花绽放

你我都曾是天地间的植物

乡间有野生的植物还活着
没人问,像石头样安睡
还有梦想
风声翻越灵性的小花朵
露珠举着透明妆
牛羊依恋不舍
鸟雀捡拾枯枝安筑家的温暖
心里没有归宿的梦
像一株植物学习俯身
每处泥土都可以安放人的身体
年轮漠然雕刻树木
水流侵蚀岩层
我以沉默发觉沧海桑田世事变迁
植物坚持一岁一枯荣
无声地隐忍

霜　花

我看到窗棂上白色的霜花
触摸
由冷到暖
我心里溢出湖水的形状
沉淀清晨时的语音
掀开的天地广阔
我堆积许多小欢喜
如花朵，细雨，微风样倾斜着
消逝于如影随形的尘埃
被遗忘的眸光下面
我依然相信一束光，正安静地穿透
我的梦想

成都续

平原拖来的宣纸断不能书写成都
还需要另一条江融入蜀地
心有蓝图便不惧画笔反复涂抹，如鸟翼张开梦的羽翼
眼下的景物
延伸的绿意摆脱苍穹的束缚
大碗茶
抿一口到底能彻底解决干渴
宽窄巷穿梭的灯盏照亮昨夜的疲惫，彰显时空召唤的坚守
风雨倒无所谓，吹不散休憩吹牛的人群
水井坊里千杯不醉的诗人徘徊着，用他的诗词点缀夜晚的锦江
随雪域追寻远方的马蹄

金马河

一万匹马来，金色漂浮就看到她裸露的身体
一万匹马去，她的背影就在金色中褪尽
我等的金马河里，她慢慢成为光的侧影
暮色将至时，她的脸被时光雕刻
我跟随河水去向远方，又接受她的冲刷和洗礼
一万匹金马跃进河里，我记住了她的名字

邛崃酒

取万物而酿造,邀日月而共饮
江湖再见的人指邛崃为酒
文君不负卿。司马相如以赋成诗坛翘楚
慢慢咀嚼,苦涩半生又如何
甘甜的液体需反复榨取
世间冷暖用身体感知
寒霜在冬日将邛崃引入肠胃
寒霜在驷马桥刻下一段誓言,关于江山和爱情
在竹林深处飘起我翻飞的梦境
有君的地方定有一壶滚烫的酒浆
此生若是不辜负日月,夜昼如何躲避羞涩
更何谈失去满山的珠露和虹霓
君不见蜀道向天开的崔嵬的气魄
倦鸟依恋故园,忠贞被无数风声吹醒
枯荣的植物领悟天地的深意
我交出余生的炭火
亮出铁锈给灶台,与枯木一同燃烧
我用有限的铜钱换取杯酒与你同醉

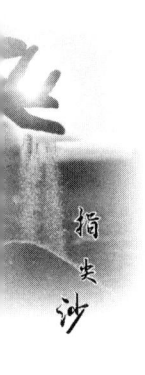

榕　树

胡须太多，蔓延在大地疼痛里的榕树
总会以匍匐前进的姿势
生长
风雨不解释昼夜的短长
不顾及这尘世的牵绊
丛林下穿透
指尖的缝隙
鲜花绽放于海洋般的绿毯
雾霾擦拭带光芒的利剑
湖泊倒映载浮载沉的山峦
有一条木船穿越榕树
在我凝视你的此刻
雷电用霹雳手延续火的种子

第五辑 尘世的彻悟

假如生命从衰老走向新生

土地承接肉体腐烂,濒临死亡
假如衰老走向新生,这新生
重归于母腹,轮回之
生命从婴孩穿越出,蹒跚
人类重新来活着,获得这阳光
这些雨露和霜雪,枯荣,不悲伤
眼泪在黑夜里,没有人会发现
再没有疼痛的隐忍,再不会疲惫地放弃
推开真实的门,种漂亮而可人的花
让鸟雀和我们共同虚构江山
汲取荒漠的流泉,天空流星
深山的氧气甘甜舒心
如美人的亲吻,发掘内心绚烂的光芒
不必太在意哀叹的人生
我们拥有春秋,拥有无尽的时间
轻易就摘取田野的瓜果蔬菜
享受整个下午阳光带来的亲切的抚慰
没有等待和思念的痛苦辗转
俯下身体,窥视湖水般的清澈

我们如此贴近天空和云朵，且采摘
入梦

依　恋

秋风减半，落叶自树梢飘下
梳着藏辫有着高原红脸蛋的女子
哼唱《采蘑菇的小姑娘》
酒吧用手数钱的人
他们活在花开的年龄
我的恋人在云朵里在水面上
有琴声也有诗画
有欢乐也有泪水
有我唇边留下的一寸思念
梦见
那温暖的怀抱和离别
梦见
他们在我的影子上生根
仿佛植物
被撒哈拉沙漠蹂躏
辽阔的寂寞枯瘦如柴

杨柳依依

我一直在等待
我在河边等待着杨柳,我等待的不是小河,是杨柳

步入中年,我远眺前方,偶识良人
以文学之名指引我的脚步
亦师亦友,远方不再是远方
我走过春天,故乡静默成一株杨柳

依依挥手,流淌的河水奔腾如马,等待春天到来,融化眼前的雪
我驻足河边,一直在等
偶尔听听水声

逝者如斯,不舍昼夜
我和她站立着,在等风起

过黄河

耗尽半生，我如僧侣般枯瘦
黄土，蓝天，我的头发随风去辩白
在一滴水里反复激荡
我胸中收藏华夏的源头，迷失卦象间的玄黄
远古的神，她抛掷身体易碎的泡沫
一夜渡船还原成羊皮筏
艄公号子何曾离去
今夕横空而出，埋藏多少鱼群的梦想
咆哮怒吼过战火的硝烟
母亲，祖国的骄傲和花的荣光
让我敞开怀抱与你相拥
我涉水而来，雨贴近夜色中安静的彼岸

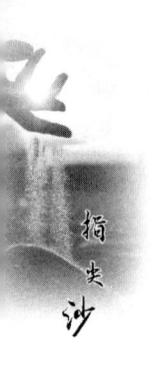

在清水湖

我走近清水湖,诗歌登上高台
满山的树沉默,不理睬这尘世

这些树随处可见,这些草也俯下身
这人间的冷暖,就贴近清水湖水鸟的翅膀

望,眼下的山水围绕着我静坐
没有一丝风声吹醒层林的睡梦

被剥开的果实更像赤裸的内心

用刀分解包裹果实的皮
被剥开的果肉更像赤裸的内心
像被阳光、雨露、风声唤醒记忆
我要抵达或者远去
谈食物、欲望、色彩虚构的生活
这褶皱般的痛,从身体到肠胃
我沉醉在秋天的原野
用我的吻触碰爱的嘴角
我要说光的斑斓,翅膀的温度
春天蓄力开放的花朵有了结果
用语言的肢体说明
我回到房间
推开木制的窗
中年的影子太厚
我的画卷可以珍存所有风雪
可以用宋体、楷书或者是小篆
你可以看见
我一层一层剥开果肉,咀嚼
自然流露的喜悦与和平的梦

所有的土地和身体都有水流过
就像我的毛孔
愉快地收容果汁

那些倒下的树木依然活在人间

被推倒的树木还活着
活成衣柜、木箱、椅子和板凳
我被木匠手推出刨花
墨线延伸的光拉长人间欢喜的长度
我还会想到一棵树的身高
堆砌的原木还有风声倒下的影
鸟雀栖身的巢穴像我家
我种植成片成片的植物在山上
记不清那些树木的姓名活得那么滋润
它们不知道会被雕刻成物件
我一直以为他们活着
从没有离开这沸腾的人间
也许这些物件终将被其他物件代替
就像当年的木匠也已经失业

抽出水中波咀嚼阳光味

清水,容易接近春天的叶片
如果还有淡淡的雾色,我可手捧良心
将杯盏投以浅绿,透明的眼眸刚好适合
脚踏山路攀岩,作一滴雨水化成的珠露
承接于手掌,会心的笑意
暖透人间
明德山的茶园里,与香炉瀑布相望
阳光留恋蜀地,手指掐算日子
沉浮和浓淡止于水,故事落下一粒尘埃
味道流于唇齿,轻摇小折扇
我衣着青衫,驾一叶扁舟
渐行渐远

大地以沉默的方式站立

我和大地的交谈
始于雨滴敲门落下。枝条不动
看落叶、荒山和水进入身体
堆积我此生的胸怀
风发出低微的震颤
高举干枯的褶皱
经历一场秋意
断裂的枝桠会证明火滚烫的热情
正如我
这些年往北走
渴望雨水的亲近
雪无声地飘落
枯瘦的老马,相信了西域
大漠孤烟,长河落日
驼铃声遁形于风中。我来过
证明前行的足迹,雁阵
还是那两种方式
芨芨草的根须一直朝下
我在雨水的痕迹里

用沙石怀念活过的日子
没有雨水滋养的大地
不再有流动的模样
只有千年不倒的胡杨林
诉说大地永不磨灭的记忆

早春的河流怀念着秋水

早春的河流是女人的腰身,漂浮花瓣的前生
满眼绿,水色打捞外乡客
送来滑肉和凉面的绥山
安静的船是水墨在流动
油菜花一大片,游人亦一大片
他们都离不开水的滋养
油纸伞打开前,阳光不刺眼
树木的年轮隐藏不见,伸展遮阴的手掌
抚摸归人思乡的疼痛,母亲的河
一直在流淌,怀念岁月的葱茏
就像,挽手的雨吹过来,秋水也安静
像早春的河流载着船驶向远方
我用春水洗涤这一生的污浊
重新发出芽,吮吸春的乳汁
沿着两岸青山走向秋天

与嘉陵江对坐

嘉陵漂远后的日子,留着一枚夕阳
与我对坐。此生不换春秋轮替的身
日子经过嘉陵有着无数轮替的梦
就像我们彼此对坐,夕阳
悬挂在天外,流水没有纹理,方砖铺就大地
赤脚行走,嘉陵江需要对坐的人满怀热血
像我贴近母亲的怀抱
她在远方,围炉打造出一场盛宴
如雪的种子纸上站立

满江红

暖色一点
嘉陵可一半为你
一半为我
霞光映衬得万物更加葱茏
江水为星星提供温暖的怀抱
随后聚在一起的是人间的欢闹
有水鸟低飞,此时无声
它们活在安静的水天
无视我虔诚的赞歌

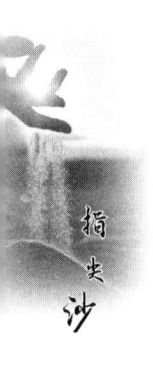

你来时，我无地耕种

暖阳回来，一百头羊也回来
我走山坡，也过草地
喝茶，失眠，夜晚
星星想火焰
你想百花的芬芳
我望贫瘠之地
有多少雨水落下来
就有多少果实挂上枝
一些人的名字变成草山的字
一些人读着名字变成原野的蝶
我想遗忘过去种在土里
霜雪会覆盖我的身体
也会孕育一场春雨
我无地可种，你悄悄地来

餐桌上的花

花朵抽空她身体鲜艳的颜色
思想也已枯竭,雨流逝掉光泽

她曾荣耀过丛林,她曾告诉过秋风
裸露牙齿的爱恨,交错根须的纠缠

在餐桌,生活的芬芳交织的屋顶
灯光散开身影,声音来自鸟鸣

这枝条上的绿叶
她应该在原野选择安眠
选择春天的绿茵向欢乐的人招手

一朵花端出春天

一朵花端出春天
越朴实的色彩，越好看
春天释放出
流水的种子
枝桠承接的摇曳
像轻声的赞美
没有暴雨和狂风，饥饿和战争
一个人在春天
端坐如一朵花
比花更喧闹的是人潮人海
被花推搡着。焰火被点燃
舞蹈，歌唱，拥抱
身体如一朵花端坐着
告别的仪式重新经过春天

从月光下捡起那一片鸟羽

湖水倒映出山峰
我咀嚼一枚生铁的桃花
江湖逐渐远去
沉入万籁俱静
我依托乡村的雨水复活草木
整座山开始行走

我日趋瘦弱的影子
如何搭建一条河流的怀念
伐木割草修建栖身之所
天地轮替,雨水落下
时空的召唤回到身体里
我尝试过擦亮黑暗

深渊的巨口在吞噬
寂寞种下树的影子
月光下捡起一片鸟羽
我的梦正被巢穴的枝桠延伸
回到霜发染白的深秋
芦苇以它的深情为我前行

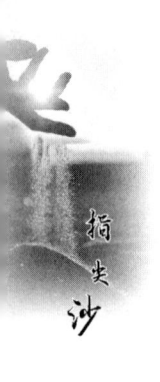

在医院的夜晚等时间煮雨

紧贴窗户感受冷雨走过
时间的针脚密密麻麻
一叶小船漂浮在海上,暴雨
淋湿急走远方的鸟雀

如今,我尝试替树木伸出的枝桠说声感谢
感谢大爱无疆真爱无言
我的语言过于苍白,我要酣畅地煮一场大雨
滋养我体内的苔藓

没有嘀嗒声,没有脉脉温情
就像我的中年
我抱紧诗歌给自己加热
丢失的小女儿,在我的心坎上刻有一道疤痕

落叶在春雨里突然转身

之后的细节被春雨发现
鸟雀不见,颤抖,被喊出树林
忘记疼痛
我突然转身
落叶在雨中,跳起人间的舞蹈
行色匆匆,伤痛融入空荡荡的房间
爱恨输入一滴眼泪
绽放一朵鲜花入栅栏
我能追忆,江南就是新婉约
落叶的世界观,潇洒地转身之后
皆为过往
我掏空的黑夜,温柔将分毫毕现

春风古寺有雪更像古寺

雪覆盖古寺的脊梁。说说
山中的往日。春风搂过万物

江水撞击石头,冲不垮这百年古寺
我诵半卷经书,不懂
欲说还休的戒律

一朵雪花在走向消融,她追忆
并雕刻花的前世今生
烛光减半。我月下独酌吟咏人生
经木头的缝隙,找出阳光擦亮的手指

绥山深处黑山羊的叫声

修剪万亩河山，低声唤疼痛的绥山，朗水。黑山羊
代替泥土寻找一枚月亮。每一次行走时
都能抵达母亲的怀抱
感动此生
代替远方，仰望此间水草，我跋涉万千世界
只为这一声呼喊
山谷，使我颤巍巍的心在回荡。她用满山的花朵
赶回他乡的游子前来相认
以一条河流替村庄翻腾。故土的爱
擦亮所有枝头的花
我怀抱清风，端不出凉茶
还给大地
只有黑山羊跪在这里
低声叫妈妈

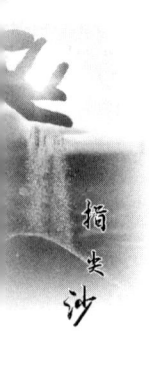

我用白霜写这多情的一生

霜满天,满到流溢人间
左右翻飞
植物的叶脉为大地辨识
内心的纵横,曾荣耀九天揽月处
望冷暖分割的汉字
想象母亲怀抱中的婴儿吮吸一口乳汁
想象酣睡时的脸庞,绽放这一世的笑容
而树木越来越高
摸不到天
触不到地,取舍不易。看不到一地白霜
须发等风起
看不到须发上的白霜,路途太远
听一曲红尘滚滚
人间的冷暖会有多情的白霜
白霜里的花朵,能够写满这一生
春秋逐渐远去,霜白时
我们从此不分离
这一生拥抱像白霜
不爱,说不出融化的细节
这一生太短,不恨草地上有太多的语言

守望一世的爱

芭蕉不展雨水里的月
我守望这一世的爱
等天地留给我一盏渔火对抗黑夜
那片虫声,流水般换取一支风中的竹笛
我积聚足够的雨水包容万物
轻一点
慢一些
放下这一世举起的闪电、火焰
袒露慈悲的心给月亮
抚摸草丛间的荆棘,用流淌的血液
滋养大地的干涸
在人间,等芭蕉释放丁香的结
等一阵风,等雨水堆积的云
入梦

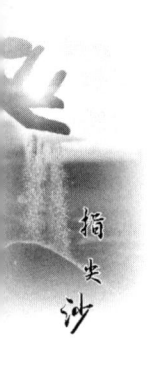

我的光芒你无法再遇见

晨曦和暮色你无法遇到
像一条江的承载
我在她的前世和今生
重叠如你和植物的枯荣

江水哦
我在静静的回忆里将你安放
像一条江收下晨曦和暮色
你无法遇到我
像我在水草中听到倦鸟的吟唱

倦鸟哦
在我们中间不断虚构
像雨水落入水中
我看不到徒留的影子
像远山的苍茫我再也收不进怀里

阳光正填充褶皱的缝隙

平时严厉的父亲,入院
掉落一大半头发
被人叫爷爷
他自己满头秀发时
挺立的背后有座高山
有绿色植物和水
他头顶被北风吹过
土地仿佛回归荒漠的时代
不愿意随时被吹醒
我想我忽视了逐渐苍老的高山被侵蚀
一次次失去棱角鲜明的区别
阳光正填充他褶皱的缝隙

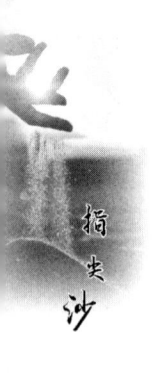

在书海虚构出一条河流

大风举起木屑的花朵。乱石插向荒漠
如一支笔落入湖中不见涟漪
黑的马匹跨过栅栏或逃脱白色的积雪
月光在人间触碰我的斑驳
有风自山崖来,冲撞,拍打

我置春天在盛大的书海,凝视如河流
步伐越来越快
经过我们抵达的码头,奔腾的血液
突然间
如群马跳跃而出

在山外

松涛将一阵风送到山外
灼热的炭火落尽
灶台飘飞起烟尘

村舍的水声,管不住桃花
梨树匆匆聚拢来
米酒在竹筒,不被雪覆盖
随时被取出
随时被人们一饮而尽

有人推开月光,抖落一地银色
我凝视的湖面上
万里无波,没有小曲
如珍珠落在草叶上

招手,回头
再回头

摘茶叶

露珠,阳光,纤纤玉手
与植物面对面
迎风的高山随河床而起伏
我低到尘埃的心采摘
一枚日月
自两半叶芽处望远方
春天蕴藏深情的吻,清风无意
同杨柳摇曳
云朵在水中漂浮
归雁阵阵
托起去年思念的影
我融于水中
在水草中寻找故乡
春雨还在我们的枝头垂悬
我依然可以投以透明的凝视
如杯盏投以浅浅一缕阳光
如叶般腾空而起时
腹中的水已沥干

画中的瀑布

这一世的水,流或不流。石桥,她就在那里
我心底藏有一汪水,澄澈的眼像月
那船一侧的窗多么近
像我和你观赏画中的景
我寻觅水草中的鱼
像你隐约回眸的浅笑被万千的碎石拍打

每一次深情的凝视
瀑布就多一次纵身的跃起
你带给我山谷深情的呼喊
像村庄刚熄灭的油灯飘出一缕烟尘
而我终其一生
回忆你绝尘而去时的那道光芒

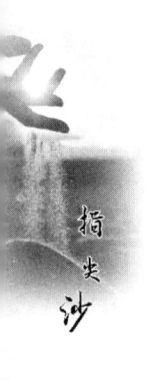

等候的站台

此生要等雨来,感天动地
这铁轨延伸的种子,总要经夜色或者山川
跟随我一生
直到土里

站台之间的事
如两棵树的胡须在风中飘来飘去,她
没有喝故乡的酒
在他乡停留得太久了,几时雨中回望
我欠你的酒太多,如何慰风尘

爱,不能言语
我害怕站台上的影子太薄,须发多过陈年的麦穗
车在前方,梦在今夜,我分辨不出爱的深浅
像这场雨
来到站台,已是暮年

像匹老马开始寻找春天

老马识途,所以山水都埋在足蹄之下,远方
他说四月的芦苇间微微伸出鸟雀的梦,连同起身的河流带着泥浆一起奔涌向前

多少年的铁甲,修剪,打磨
仿佛攫取一生的风雪
我于夜间躬身捡拾秋水,在星光找到船帆时弯腰进森林
我要找北方的指引
奔赴,这山野的葱茏
我需要老马找到归路。望,长安多么远
古道全部覆盖着厚厚一层积雪,像迷失的抉择

掷雨水的涟漪,听取山沟里那一声惊雷
不屈的呐喊
山峰的影,不能完全在水的深浅里得到
若隐若现,像一匹老马开始回忆逝去的日子
丈量走过的路,大海之上
也能找到你交给春天的消息

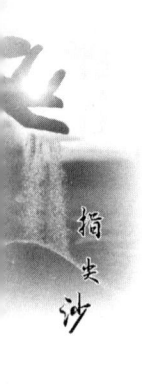

中 年

风吹动如火的花朵,唤出麦地的鸟鸣
夕阳下牛羊归来,夜色被明月拉圆
村庄多远,都有家的味道
雨水再轻,都带有光的色彩

我要歌颂春天的原野
寒霜曾给我清醒和冷意
树木将叶片交给河流、山川、小路
像我从故乡的炊烟里飘出
在追月的路上遥望荷花盛开

我窥视人间万象,怀念一滴水的清澈
时值中年,丛林延伸山脉
指尖透出光亮,我的双眼
沉浮在流动的花朵间

我一再打听春雨的消息

我说出的话
被鸟带到远方。冰雪的山峰没有褶皱
湖泊的蔚蓝会形成水域
船在中年会靠岸,我会策马奔跑
请止步。你不会明白我遗留的信笺
你不会记得寒冷的夜晚有风雨
树木指向南北,贯通道路
我疲于行走,用力抱紧这草木
一片丛林延伸山川,我知道春雨
会落下,土地会种上鲜花和粮食

我的中国,我的梦想

最先想到的是黄河与长江,接着想到的是万里长城
想活字印刷术和指南针,想神农尝百草
想百姓把庄稼种植在大地上
想这片肥沃的地方叫中国
我的梦如麦芒的光
每一阵风雨的呼唤
我都匍匐在自己的泥土里深情地把自己种下
我要延续母亲的爱
清澈,透明,此生的花朵只为我的祖国
我饱满的颗粒奉献给生我养我一辈子没有半分抱怨的母亲
只为这山川的秀美,这华夏的阳光普照
我收拾此生骨肉一起交给脚下的道路

再一次为绥山朗水抒情

开走的列车再也不能与旧时光重叠
绥山朗水却再一次书写变化
像落下的阳光,积攒白昼的力量
像融化的雪水,汇集荒野的甘泉

我聆听长夜敲响斑驳的钟声
古老的村庄换了容颜,风雨中
温暖的光芒蹚出大路
驻村人走来,百姓喜笑颜开

像那盏不灭的油灯,即便枯竭而死
这些年还被人记得
像我诗歌里的名字,即使暂时忘记
依然保持深深的爱

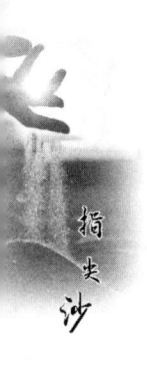

雨水中我抵达一朵桃花

风进入水的怀抱,抽出游离的身体
像雨雪在黑夜起舞留下太多眼
冷暖,像打开的灯盏和虚掩的门
我要按住说话的鸟雀并穿透
春天的回廊
信息被花朵知道,时间流逝
像唇和舌交给触碰的脸
春雨,像石头的喃喃自语
安静地躺在地上,我希望在这个黄昏
流水被风推向东方的河床
那些春花只是其中的分支
原谅顾及不到房檐和泥地
我在雨水滴落之后投身草丛
要对沉默的疼痛说出爱和恨
像雨水推搡雨水
在风中一阵紧过一阵
远方的光芒
破除黑暗的云层、城墙
我走在漂浮如棉花的路上

没有酒，我要给葫芦装满水
我要给把干枯的心浇灌
把梦里的山水和村庄带回现实
我爱那些桃花
就像，有雨水足够抵达彼岸

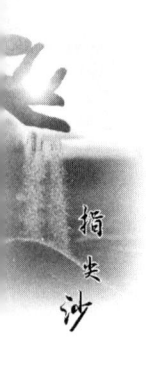

我像一个芒果解构自己

一个芒果解构自己
面对人类的嘴型和脑海的画面
面对人类的刀叉附带有咀嚼，噬咬，吞咽和消融
一个芒果自己解构
附带有隐忍，包容，理解和无助
它没有语言，准备自己动手
把多余的外皮削掉
一分为二，分出无数的份数，用刀自己切
回味乡村
回味泥土，回味从枝桠坠落后带给人类的诱惑
一个芒果解构自己，借他人之手
我解构日子
在空中，久久地没能落地

后记：匆匆《指尖沙》

我从 2008 年接触诗歌以来，写了 1500 多首诗歌。刚开始整理《指尖沙》时，我一直对自己的诗歌说不出好与坏。这也是我的理论知识和诗歌感悟欠缺的一个方面。我觉得这好比是田野里的花朵，如果要说出自己的最爱，我还真不知道如何去辨别和取舍。

首先我要感谢的是营山县文联主席晏良华老师，营山县文学艺术协会的陈天忠老师，《营山文学》的李建春老师，西充的杨胜应老师，黑龙江的金学忠老师，还有"文学与故乡"QQ 群、微信群里的郭宪伟老师，以及农民工诗人陈少华老师、张建平老师，更有高鑫和熊德光等老师的关心、帮助和支持。营山的文学沃土滋养了我，使得平时比较懒惰的我终于用心地选出我的诗歌，收录成集，听取晏良华主席的建议，书名定为《指尖沙》。

《指尖沙》主要收录我从 2008 年以来的一些短诗。这些诗都来自我瞬间的灵感，我习惯于用较快的时间把她捕捉并记录下来，没有刻意的修饰和打磨，也没有注重诗歌的技巧和雕琢，我只是随意地记录生活的点点滴滴。写诗让我的内心极度平静，我好像在和另外的自己对话。我习惯于在深夜听万籁寂静，喜欢随意地放纵自己……

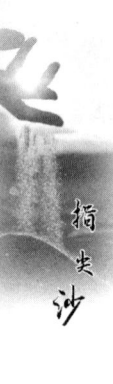

  我感觉万物都有自己的语言和思维,我有时会成为它们的分支,有时它们会成为我的局部。有人说写诗的人都是疯子,其实这是一个伪命题。对我而言,我能走近诗歌,我亦可以出入其间。诗歌也好,绘画也罢,这只是我对于人生和生命的一种表达,这只是我寂寞时对自己的耳语,亦权当是一种梦呓。不过人有梦不一定是坏事,有个词语叫作梦想成真,我做的也是梦,而且成了真,这就是我的《指尖沙》出版了。

  我的内心是忐忑的,毕竟这像出嫁的闺女,平时待字闺中无人问津,一旦出嫁又有万般不舍和牵挂,加之我平时又懒于装扮她,就这样在"媒婆"和家人的催促之下,匆匆嫁出。若是有人问及,藜藿是哪里人?《指尖沙》是谁所写?便会脸有窘色,低声道,惭愧之至。请各位老师批评、指导。

藜藿草于 2023 年 4 月 21 日